归去来

ききょらい

【日】太宰治 著

朱航 译

中国出版集团 现代出版社

图书在版编目（CIP）数据

归去来 /（日）太宰治著；朱航译. —北京：现代出版社，2023.4

ISBN 978-7-5231-0114-8

Ⅰ. ①归… Ⅱ. ①太…②朱… Ⅲ. ①短篇小说—小说集—日本—现代 Ⅳ. ①I313.45

中国国家版本馆CIP数据核字（2023）第031913号

归去来

作　　者：[日] 太宰治
译　　者：朱　航
责任编辑：申　晶
出版发行：现代出版社
通信地址：北京市安定门外安华里504号
邮政编码：100011
电　　话：010-64267325　64245264（兼传真）
网　　址：www.1980xd.com
印　　刷：固安兰星球彩色印刷有限公司

开　　本：880mm×1230mm　1/32
印　　张：6.25
字　　数：114千字
版　　次：2023年4月第1版
印　　次：2023年4月第1次印刷
书　　号：ISBN 978-7-5231-0114-8
定　　价：49.80元

目录

律子和贞子

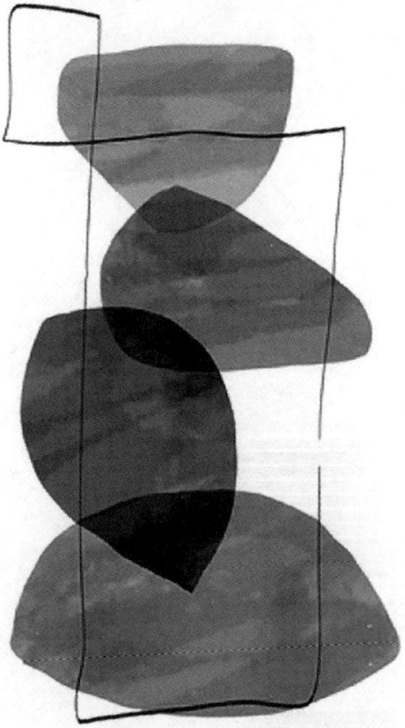

大学生三浦宪治，今年十二月从大学毕业，毕业同时回到故乡，接受征兵检查。因为极度的近视，他被分为丙种兵[①]，自己感到十分羞愧。这是他到我家来玩时告知我的。

“我会做乡里的中学老师，可能会结婚。”

“已经确定了吗？”

“是的，做中学老师这点已经确定了。”

“结婚就没自信了吗？极度的近视眼还会影响结婚吗？”

“怎么可能？”三浦苦笑，随后讲述了以下令人羡慕的风流韵事。这等风流韵事，在讲述的人看来很愉快，但对听的人来说，却没那么愉快。既然我都忍着听完了，各位读者，也忍着听听他的故事吧。

---

① 丙种：在第二次世界大战结束以前的日本，只要是年满 20 岁的成年男子都有义务接受征兵检查。根据身高、体重、有无患病的检查，把成年男子分为甲乙丙丁戊种。甲种为身体结实，乙种为身体健康且需要抽选，丙种是身上有非常多缺陷，丁种是眼睛、嘴巴使用上不方便，或者精神上有障碍，戊种是正在患病或者处于病后恢复期。

他说，他不知道该选择谁，非常迷茫。姐姐和妹妹，一高一矮，无法让他下定决心。就是这样奢侈的故事，真的是一点儿都不想听啊。

三浦的故乡是甲府市[①]。从甲府坐巴士过了御坂坡，通过河口湖岸，经过船津，到达一个坐落在山后、叫作下吉田町的细长小镇。在小镇的尽头，坐落着一幢稳重的老式旅馆。故事里的姐妹，就是这个旅馆里的千金。姐姐二十二、妹妹十九，都毕业于甲府的女校。下吉田町的女孩子们，大都进了谷村或者大月的女校，因为离得很近。而甲府的女校距离很远，上学有点困难。但是镇上所谓富人们，都想让自家女孩子去甲府念书。虽然是没有缘由的见解，但对于富人们来说，把孩子送进稍微大一点儿的学校，似乎成了一种义务。姐姐和妹妹在甲府女校上学的时候，都寄宿在甲府市一间大酒坊，每天从那里去上学。开酒坊的人，是姐妹俩的远房亲戚，没有血缘关系的那种。这间酒坊就叫作三浦制酒店，也就是三浦的老家。

三浦也有一个妹妹，但家里就兄妹两人。三浦的妹妹二十岁，和姐妹俩年纪相仿。所以三个人就像亲姐妹一样亲密。三姐妹都称三浦为“哥哥”。到目前为止，几人是这样的关系。

三浦今年十二月从大学毕业，虽然马上就返回家乡参加了

---

① 甲府市：在今日本山梨县。

征兵检查，但因为极度近视，没想到被分为丙种。之后下吉田町的妹妹，给自己寄来了安慰信。信的文章好像写得不怎么好。内容过于多愁善感，过于天真，让三浦有些吃不消。但是读了这封信，三浦有些思念起下吉田町的姐妹来。因为丙种的事情，三浦正处在非常悲观失望的时期，他决定去下吉田町的旅馆那里游玩，散散心。

姐姐叫律子，妹妹叫贞子。这两个名字都是化名。两人的本名要更加美丽，但是用真名的话，三浦会很难办，如果对两姐妹造成困扰的话可就糟糕了，所以就取了两个化名。

三浦从甲府乘上巴士，越过已经积雪了的御坂坡。到达下吉田町的时候天色欲晚。很是寒冷。三浦立起外套的衣襟，赶往姐妹俩的旅馆。

他说在去的中途，遇见了两姐妹。她们俩在吴服店[①]的门口买东西。

“小律。”不知为何，他先喊了一声姐姐。

“哎呀。”旁若无人地大声回应，并且把买的东西甩到店门口，跑得都要摔倒般的人不是小律，而是妹妹小贞。

小律只是稍微回了下头，整理了购置物品，包入包袱，然后跟掌柜的行了个礼，然后才一本正经地朝三浦这边走来，在

---

① 吴服店：售卖和服的店。

离三浦大约十米开外的地方停下，拿下围巾，毕恭毕敬地鞠了一躬，而后笑着问道："节子小姐呢？"节子是三浦亲妹妹的名字。

被律子这样一问，三浦有点惊慌失措。原来如此，把妹妹一起带来才要更自然一些啊。不知怎的，他有种全部都被看穿了的心情，脸颊发热了。

"只是一时兴起就来了。之后我要到乡间学校工作了，顺便来和你们打个招呼。"三浦做出了这番前言不搭后语的糟糕解释。

"走吧走吧。"妹妹贞子催着二人，快步走着，只是一个劲儿地微微笑着，"好久不见，真的是好久不见呀。夏天也没来看我们，然后春天也没来看我们，对了，太过分了，去年夏天也没来呢。什么啊，贞子毕业之后也没来吉田一回呀。是在把我当傻瓜吗？听说你在东京搞文学呢，好厉害啊，是不是把贞子我忘啦，不是堕落了吧？哥哥！看这边，给我看看你的脸！你看，心里有鬼，都不看我这边了，堕落了，果真是堕落了啊。也难怪会被分为丙种嘛，丙种什么的，我都觉得没脸见人。你申请去吧，真的是太可怜了，生为男人却没办法当士兵，是我的话我也会哭的，然后也会按血印的，我会按三个四个血印给他们看的。哥哥！但是贞子我对你是真的同情的呀。话说，你读了我的信吗？是不是写得很糟糕？哎呀，你笑了。浑蛋。是不是看不起我写的信了。反正我是写得很差哦。我就是个冒失的猫妖，会深深地深深地诅咒再诅咒，诅咒死蹂躏我真心的坏蛋，你给我记着哦！那什么，不冷吧？吉田很冷吧。这条围巾，很不错啊，谁给你编的呀？真是讨厌的人啊，只会自己嗤嗤地笑。我心里有数，节子说，哥哥只有我和节子两个女生在身边啊，毕竟是丙种，去哪里都不会受欢迎的，对吧。都这样了，你还像真有点儿什么似的这样不作声地笑，装作好像藏有其他女性的样子。哇，被我识破了，对不起，你生气了？据说你在搞文学创作？难不难？跟你说，妈妈今天早上搞砸了一件事，被大家看不起了。是这样的……”贞子没完没了地说着。

“贞子。”姐姐插话了，“我顺道去一趟豆腐店，你们先走着。”

“豆腐店？”贞子尖声道，“不好吧。一起回去嘛。好不好？豆腐什么的肯定没啦。”

“不会的。”律子很冷静，“今天早上我让他们给我留着的。现在不先买着的话，明天就没有做味噌汤的料了。”

“生意，都是做生意。”贞子放弃了一般连忙点了头，“那，我们就先走了。”

“好的。”律子应道，然后三个人就分开了。旅馆里还住着四五位客人，早上的味噌汤，必须想办法为他们做得好吃一些。

律子就是这样的一个孩子，非常靠谱，脸细长又苍白。贞子脸圆圆的，是个吵吵闹闹的孩子。那天晚上贞子一刻也不离开三浦身边，有些恼人。

“哥哥稍微瘦了点呢。都有点儿吓人了。皮肤也太白了，这一点我不是很满意。但是这么说我就太贪心了，我会忍耐的。哥哥，这次你哭了没？哭了吧。不是说那件事，是夏威夷的敢死空袭，无论怎么说，那可是冒着不会生还的决心从母舰上跳下去的啊。我哭了，哭了三回。姐姐说我哭得太夸张了，看起来挺装模作样的。姐姐看上去是那个样子，实际上说话很刻薄的，我真的是个可怜的孩子，总是惹姐姐生气，真是无地自容。我要成为劳动妇女，帮我找个好工作吧。就算是我们也能拿征用令①的哦，好想去远方啊。我说着玩的，要是去太远的地方了，就见不着哥哥了。那可就太没趣啦，我做过这样一个梦，哥哥穿着花哨的碎白点花纹的和服，和我说自己要去死，也画了好多张富士山的画儿，说那是自己的遗书，很奇怪对吧。我想着哥哥终于还是因为文学改变心意了，在梦里哭得稀里哗啦，哎呀，到新闻的时间了，去茶室里听收音机吧。哥哥今晚给我讲萨福②的故事吧。前段时间我念了萨福的诗，真的是很好的诗啊。不，对我来说不太懂，但是萨福真的是个可怜人，哥哥你

---

① 征用令：强制国民从事以军需为重点的重要产业的法令。根据日本1938年颁布的《国家总动员法》，在1939年公布实施国民征用令。

② 萨福：古希腊著名的女抒情诗人，她是第一位描述个人爱情和失恋的诗人。千百年来，萨福被人们视为描写女性爱情的圣人，从19世纪末开始，萨福成了女同性恋的代名词。

知道吗？什么啊，你不知道啊。”

果然，贞子这样在耳边说个不停，的确是有点儿烦人的。律子在厨房和女佣一起收拾碗筷什么的，忙这忙那，完全没到三浦旁边来说会儿话。三浦感觉到些许失落。

第二天，三浦告辞了，姐妹俩一起把他送到巴士车站前。一路上，妹妹都在撒娇说，想一起坐公交把三浦送到船津。姐姐听后立马表明了拒绝：“我不想去。”

律子说还有旅馆的事情要忙，没有办法悠闲玩耍，而且也不想因为和三浦一起乘巴士，被当地的人无端误解，那是很可怕的。但是贞子表示无所谓。

“我知道的。姐姐是模范大小姐，不可能随随便便就送行。但是我是要去的，有可能会一段时间见不到了啊。我是坚决要去送的。”

到了车站，三个人并排站着，等着巴士。彼此都有些尴尬，没有说话。

“我也去。”律子微微一笑，小声说道。

“去吧！”贞子增添了百倍勇气，“去吧！其实很想送到甲府，但是我还是忍忍吧。一起送到船津吧，好吗？”

“一定要在船津下车哦。镇上会有很多认识的人一起坐车，我们要装作不认识的样子哦，到了船津要分开的时候，也默不作声地下车吧。如果不这样做的话，我是不愿意的。”律子非常谨慎。

“那样也可以的。”三浦不由得脱口而出。

巴士来了。按照约定，三浦装作与两姐妹互不认识，一个人坐得远远的。原来如此，坐巴士的大部分乘客似乎都是当地人，都对美丽的两姐妹恭敬寒暄。

“要去哪里？”也有人这样问道。

“嗯，到船津，买东西。”律子一本正经地说了谎话，看起来像是完全忘记了三浦的存在。但是贞子非常笨拙，不停地往三浦这边瞥，忍不住笑的时候，就慌里慌张地看向窗外，想要这样蒙混过关。窗外两旁是松树的林荫道，巴士在爬坡。

到了船津，巴士停在湖水的岸边。律子向当地的乘客微微鞠躬，安静地下了车，没有看三浦一眼。下了车之后，律子就背对着巴士走了。贞子慌张匆忙地下了车，朝三浦频频回头，但还是跟着姐姐走了。

三浦坐的巴士开了。突然妹妹轻轻转过身来一溜烟儿地跑过来。巴士也在前行。妹妹像要哭泣般皱起脸来，追了二十米左右，然后停下高声大喊“哥哥”，举起了一只手。

以上就是三浦受人羡慕的风流韵事的概况，那么问题就在于，该选择姐姐还是妹妹，三浦对此感到迷茫。

三浦征求我的意见。我自然没有一瞬间的犹豫，十分确定，但是每个人的喜恶是很特别的，我不能明确给出具体的指向。

我不是预言者，没有自信现在就负起责任来告诉三浦他将来的幸与不幸，但在同一天，我让三浦读了《圣经》里的一处。

——耶稣来到了一个村庄，一位名叫马大的女人将他迎入家中。她有一位叫作马利亚的妹妹。马利亚坐在耶稣的脚边，专心听耶稣讲话。马大忙于接待的事情，心里忙乱，就近前来说："主啊，我的妹妹只让我一人忙着招待，您没有什么想法吗？请吩咐她来帮助我。"耶稣回答道："马大，马大，你为许多的事情思虑烦恼，然而，必要之事只有一件。马利亚已经选择了上好的福分，是不能夺去的。"（路加福音十章 38 以下）

我只是让他读了这个片段，没有附加任何说明。三浦歪着头考虑了一会儿，终于，有些落寞地笑着说了句"谢谢"。

但是，那之后大概过了十天，三浦给我寄来了一封实在令人意外的信，告诉我他决定和律子结婚。这是什么事呀？我感到类似于义愤般的感情。三浦在结婚的问题上，果然是极度的近视眼不是吗？各位读者怎么想呢？

等待

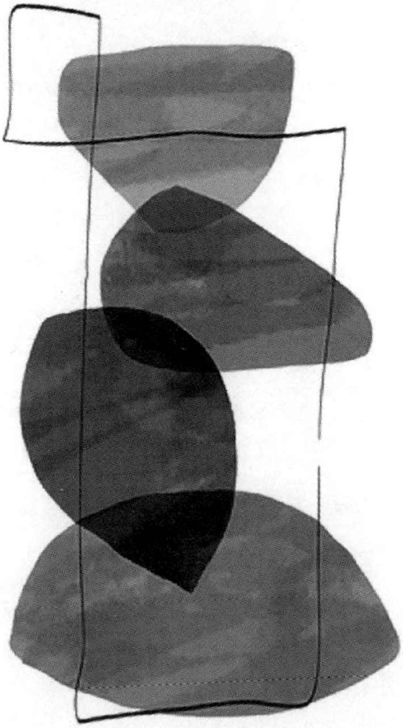

在省线[①]的小小车站，我每天都迎接着那些人，迎接着那些和谁都素不相识的人。

在集市上买完东西，回家途中，我一定会顺便去趟车站，坐在车站冷冷的长凳上，把购物筐放在膝盖上，就那样无所事事地看着检票口。每逢上下行的电车到站，大量的人从电车口拥出，一窝蜂似的挤到检票口，带着同样愤怒的表情，掏着通行证、递着票，然后慌慌张张地余光都不扫一下地往前走，经过我坐着的长凳，去往车站前的广场，然后朝着各自所想的方向散去。而我，只是那样百无聊赖地坐着。（说不定之后）会有个人，笑着向我搭话。哦！吓到我了。啊！伤脑筋。心怦怦直跳。光是想了一下这个画面，我就仿佛如凉水浇背，毛骨悚然，呼吸困难。但是我还是在等着某个人。到底我，每天坐在这里

① 省线：原先属于铁道部管理的铁道线路，日语里“铁道部”叫作“铁道省”，故称“省线”。是“二战”后运输部、国土交通部、日本国有铁道的前身。

在等着谁、等着一个什么样的人呢？不，我在等着的，可能不是一个人。我很讨厌人类。不，是恐惧。一旦和人碰面寒暄“别来无恙吧”“天气变冷了”等诸如此类完全不想讲的话，不知怎的，就会觉得像我这种程度的说谎者全世界都不会有，痛苦到想去死。这样对方也会对我过度抱有警觉，继续陈述着不痛不痒的恭维话，装模作样的假感想，等等，我听了之后，又会因为对方卑鄙的小心谨慎而感到悲伤，会越发觉得这世界讨厌得让人无法忍受。所谓世人，是不是就是互相说着僵硬的寒暄，小心翼翼，让彼此都感到疲惫地送走一生的存在呢。我很讨厌和人见面，所以不是特别必要的事情，我不会主动去朋友家里做客。待在家里和母亲二人默不作声地缝衣服，是最令我感到轻松的。但是，从大战到了即将爆发的紧要关头，外界情形变得相当紧张开始，我便觉得只有我每天无所事事地待在家里是非常糟糕的事，不知为何感觉到不安，内心完全无法平静下来。我想要拼命努力，想直接做出贡献。我对于我到目前为止的生活，失去了自信。

虽然没法在家里不闻不问地待着，但是即便出了门，我也无处可去。（所以）我就在买完东西回家的途中，顺便去到车站，无所事事地坐在车站冰冷的长凳上。一边期待着“万一有个谁突然出现了”，但是马上又陷入“啊，如果真的出现在眼前又没法应付，该怎么办”的恐惧中，接着又会有“但是既然已经出现了那也没办法，就把我的命给他吧，因为我的命运已经在那一瞬间就被决定了”这种类似于死心般的觉悟出现，连同着其他各种各样的不可理喻的幻想，这些想法奇异地交织在一起，充斥在心中，让我痛苦得感到窒息，仿佛分不清生死般地、像在做白日梦一样地生出一种无依无靠的感觉。车站前来来往往的人群，也好像在把望远镜倒过来窥视一般，变得渺小和遥远，世界也变得安静下来。啊，我究竟是在等什么呢？说不定，我是个特别放荡的女人吧。

说什么大战即将爆发，不知为何感到不安，想拼命努力、派上用场的想法其实是谎话，而事实上，我设计了一个如此高尚的借口，可能是为了实现自己轻浮的空想，寻找某种好机会罢了。在这里，像这样坐着，尽管脸上一副糊里糊涂的样子，但总觉得内心有这样可恶的计划在微微燃烧着。

我到底在等着谁呢。没有任何清晰的形态，只是朦朦胧胧的。即便如此，我也是处于等待中。从大战开始就每日每日在买完东西的归途中顺便来到车站，坐在这条冰凉的长凳上，等待着。有个人笑着跟我搭话。“哇，好恐怖。”“啊，伤脑筋。”但我等的人，不是你。那到底，我是在等谁呢。丈夫？不对。恋人？也不是。朋友吗？讨厌。钱吗？怎么可能。亡灵吗？啊，那也太恐怖了。

我等的是一种更加安静祥和、明亮美好的事物。但具体是什么，我不知道。比如像春天那般的事物？不，不对，像绿叶，像五月，像流过麦田的清水。不过还是不对劲。啊，不管怎样，我还在等待着，心情激动地等待着。人们从眼前徐徐经过，不是那个人，也不是这个人。我抱着购物筐，身体微微有些颤抖地、一心一意地等待着。请不要遗忘我。请不要嘲笑那个每日每日去往车站迎接，然后又空虚地回到家中来的二十岁的姑娘，请一定要记住我。那个小小车站的名字，我故意不讲出来。就算不告诉你，你也会在某一天，看见我。

水仙

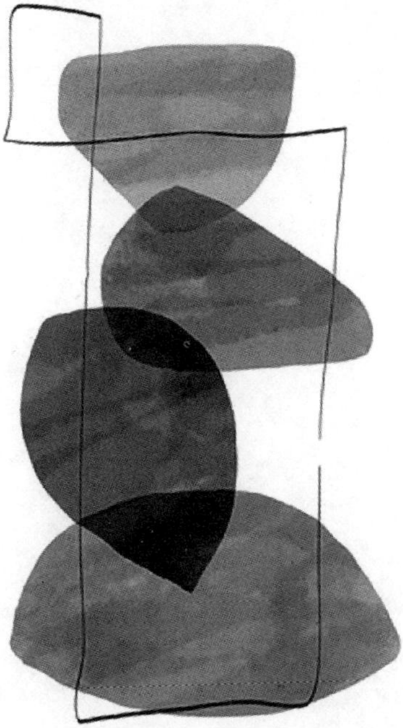

读到那本名为《忠直卿行状记》的小说[1]，是我十三到十四岁的时候，那之后虽没有再读的机会，但它的故事梗概，我在二十年之后的现在也依然记得。那实在是一个出奇悲伤的故事。

剑术上乘的年轻少爷和家臣们比赛剑术，一个接一个将他们击败之后，少爷正得意扬扬地在庭院里散步。这时，庭院暗处传来令人烦心的窃窃私语。

“少爷这段时间，有相当大的进步啊。输给他也变得轻松了。”

“啊哈哈哈哈。”

家臣们在没心没肺地私语着。

听了这话，少爷行为完全变了。他想要看见真相，于是疯了。他向家臣们发起了真正争夺胜负的挑战。但家臣们对于

① 《忠直卿行状记》：文学家、戏剧家菊池宽的小说。

这种正式的比赛，也没有跟少爷动真格。少爷轻松获胜，家臣一一死去。少爷彻底疯了，已经变成了一个可怕的暴君。最终他被家人断绝关系，自己也被监禁起来。

我记得应该是这样的梗概，我无法忘记那位少爷，有时候想起他来，便会叹口气。

但是这段时间，我突然起了令人不快的疑念，不是夸张，真的到了令人夜不能寐的不安程度。那位少爷，是不是真的是一位剑术超凡卓绝的名家，而家臣是不是并非故意输给他，而是真的赢不了这位少爷呢？庭院的窃窃私语，是不是只是家臣们卑劣的嘴硬之语呢？这些都是有可能的。就算是我们，如果因工作上的事情被前辈大骂，对于其高昂的热情和正直的感觉，就算吃不消，和前辈分开之后也会卑鄙私语：

“那位前辈这段时间，不是挺有精神嘛。已经没有体恤他的必要了。”

“啊哈哈哈哈。”

如此种种行径，夜深人静之时也未必没有发生过。所以，我这些疑念的可能性是有的。所谓家臣，就必定在人格上要劣于少爷。在那个庭院的私语，是家臣为了满足自己扭曲的自尊心，而嘴硬说出的卑鄙之语吧。这样的话，真是令人战栗。少爷一边掌握着真相，一边在追求真相的路上疯了。少爷确实是剑术名家，家臣也绝不是故意输给他的，事实上就是没能赢他。

这样的话，少爷赢、家臣输就是理所应当的事情，那之后的纷争就不应该发生，结果却还是发生了那么大的惨案。如果少爷对自己的本事怀有坚定不移的信心，也不会有显著的变化，可能一切都会是和平的面貌。自古以来，天才都非常难以知晓自己的才能，都不能相信自己的力量。这种不相信里有着天才的烦闷和深深的祈祷，我是俗人中的凡才，无法准确说明个中原因。总之，少爷对于自己的本事，没能拥有绝对的信赖。事实上少爷就是有着名家的卓绝本领，但因为不自信，所以疯了。其中一定也有因为等级身份而导致的不幸。如果是我们住在大杂院的人，说上两句：

“你觉得我厉害吗？”

“不觉得。”

“好吧。”

这一来一回就过得去的问题，在少爷这里，就不会仅仅是这么回事了。天才的不幸，少爷的不幸，按照这个情形考虑的话，最终我的不安也逐渐增加了。类似的惨案，也在我的身边发生过。因为这件事，我才会自然想起《忠直卿行状记》，这样过了一夜，冷不防地被可怕的疑念缠住，种种联合起来一思考，真不是夸张，我不安得夜晚都无法入睡。那位少爷，是不是真的剑术极度高超呢？但是问题早已不在少爷自身。

我身边的忠直卿，是三十三岁的女性。我的角色，可能就是庭院里嘴硬说着卑鄙话语的家臣，这样一说，越发让人难以忍受了。

草田惣兵卫氏的夫人，草田静子，突然说着“我是天才”就离家出走了，让人吃惊。草田家和我的老家，虽没有血缘关系，但也是从祖祖辈辈开始就互相有密切往来的。说是往来，只是说着好听，实际上是我老家的人，被允许出入草田家，这样的说法更合适。俗话说身份也好、财产也好，草田家都和我老家在不同等级上，也就是我们家求着和草田家来往的，就像少爷和家臣的关系。身为户主的惣兵卫氏，还很年轻，但也过四十了，他从东京帝国大学的经济专业毕业之后去了法国，玩了五六年，回到日本之后立马就和远方亲戚家（此后不久没落了）的独生女静子结婚了。夫妻关系，大致可以说是圆满，状态不错，生得一女，取名玻璃子，据说是在模仿巴黎[①]。惣兵卫氏是个赶时髦的人，一位人高马大的堂堂美男子，总是微微笑着。他拥有很多洋画。据说洋画里最得意的是德加[②]的赛马画。但是，他全然没有夸耀自己品味高尚的模样，也不怎么会讲关于美术的话题。他每天都去自家银行上班，总之是个一流的绅士。六年前，上一代主人离世以后，惣兵卫氏立刻就继承了草

---

① 巴黎：“巴黎”在日语里的发音为“pa li”，“玻璃”在日语里的发音为“ha li”。

② 德加：埃德加·德加（Edgar Degas，1834—1917），生于法国巴黎，印象派重要画家、雕塑家。作品题材呈现最多的是芭蕾舞和赛马场。

田家。

夫人是……啊，比起说明身世，我还是来描述一下数年前发生在某天的小小事件吧，这样比较直接明了。三年前的正月，我去草田家拜年。偶尔朋友会说我是个性情相当乖僻的人，特别是八年前因为某件事离开老家，一个人过上近乎极贫的生活，我就变得更加乖僻了，生怕被人侮辱，像四处飘散的枯叶一般不停地拼命扑腾，很是紧张，真的是令人无法忍受的坏德行。我没怎么去草田家。老家的妈妈和哥哥们，好像现在都还时不时地拜访草田家，只有我不去。到高中为止，我都还听话地去草田家玩，但进入大学之后就很反感这种交往了。草田家的人都很和善，但我就是不想去，只是单纯地开始有了讨厌有钱人的思想。说起为何在三年前的正月那次，我又有了去草田家拜年的念头的话，只是因为我自身没什么出息罢了。就在那一年之前的腊月，草田夫人突然给我寄来了一封邀请信函。

——许久未见。来年正月，务必来家里玩。外子也甚是期待。外子和我，都是您小说的读者。

最后这一句让我很高兴。说来太羞耻了，那个时候我的小说稍微能卖出一些了。我坦白，那个时候我是沾沾自喜了。那是个很危险的时期。在这种飘忽的时期，草田夫人来了邀请函，告诉我他们是我小说的读者，真让人受不了。我暗自窃喜，写下了“非常感谢招待”云云谄媚满满的话语，接着第二年的正月一日，我恬不知耻地出了门去了草田家，在遭受了奇耻大辱之后回了家，这耻辱的感觉仿佛是要把我从双眉之间彻底地割成两半一样。

那天在草田家，他们热情地招待了我。我以“流行作家”的身份逐一被介绍给了其他拜年的宾客。我根本没觉得这是揶揄和侮辱的话语，甚至在稍作思考之后，就觉得现在自己也许已经是流行作家了，简直是不成体统。太凄惨了。我醉了，和惣兵卫氏喝酒醉得厉害。惣兵卫氏无论喝了多少脸色都没变，他有些无力和勉强地微笑着，听着我的文学谈论。

“来一杯，夫人。”我忘乎所以地把杯子递给夫人，“如何？”“不喝。”夫人冷淡地回答道。那是不知如何形容的冷彻骨髓的语调。深不见底的轻蔑感，都包含在那一句话里了。我受不了，醉意也醒了，但是还是苦笑着说：“啊，失礼了。不知不觉醉过头了。”我轻轻地说了这么一句想要蒙混过关，但却无法抑制地愤怒起来。接着又发生了一件事。那时我不想再继续喝酒，就开始吃饭。蚬子汁很美味，我用筷子不停地挖出贝壳里的肉，正在大快朵颐之时，突然听到夫人小小的惊叹声。

“哎呀！”夫人无心地问道，“吃这样的东西，没什么问题吧？”

我不由得筷子和碗都要拿不住了。这种贝类原来不是用来吃的。蚬子汁，似乎只是用来喝汁的。贝壳只不过是用来出汁儿的。对于贫穷的人来说，这种贝壳的肉也是相当美味的，但是上流社会的人们，会把这种肉当作很脏的东西扔掉。原来如此，蚬子的肉，像肚脐一样是丑恶的。我什么都没能回答。正因为这是句无心的惊叹，所以事情才很严重。如果是特意假装文雅才这样发问的话，我还有回答的方法。但是那句话，完全就是本能发出的纯粹的惊叹声，所以我才受不了了。暴发户般的“流行作家”，拿着筷子和碗，我垂头丧气的，什么也没能说出来，眼泪涌出来了。我从来没受过如此奇耻大辱。自那之后，我就不去草田家了。不只是草田家，那之后我也尽量不去其他有钱人的家里了。我就这样一意孤行地继续着我贫穷的邋遢生活。

去年九月，一位意外访客站在了我陋室的玄关。那个人是草田惣兵卫氏。

“静子没来这里吗？”

“没有。”

“真的吗？

“怎么了？”我反问道。

似乎有什么缘由。

“家里有点乱七八糟，出去说吧。”我不想让他看见不整洁的家。

“好的。”草田惣兵卫氏沉稳地点点头，跟着我来了。

稍微走了一会儿，我们到了井之头公园，在公园的森林里一边走着，他开始说明情况。

“不行了，这次搞砸了，做的努力反而适得其反了。”他说的是夫人离家出走了。原因很愚蠢，数年前，夫人的娘家破产了。那之后夫人不可思议地成了一本正经冷脸的人，似乎认为娘家的破产，是非常大的耻辱。这不是没什么嘛，他这样安慰她，但无论怎样安慰，夫人依然还是怀有偏见。听到这个，我也理解了正月时那句“不喝”的异样冷酷。静子小姐嫁到草田家，是我在高中的时候，那个时候我也还时常满不在乎地去草田家玩，也和成为新夫人的静子小姐交谈，甚至一起去看过电影。那个时候的新夫人，绝不是会用那样寒冷刺骨的语气讲话的人，是个有着近乎无知的开朗笑容的人。那个元旦，虽然许久未见面，但我在和她交谈之前，就已经察觉到“变了啊”，这样看来的话，果然是娘家破产的忧愁，让她有了如此大的变化吧。

“癔症吧。”我鼻子里哼出一声笑着说道。

“唉，这。”草田惣兵卫氏似乎没有注意到我的轻蔑，认真地思考着，“不管怎样，都是我不好，帽子给她戴得太高了。事与愿违了。”草田惣兵卫氏安慰夫人的手段其一，就是让夫人去学习西洋画，每周一次，在附近的一个叫中泉花仙的地方，跟着一位近六十的画艺拙劣的老画家学画，然后就是表扬她。以草田惣兵卫氏为首，还有那位名为中泉的老画家，和在中泉画室学画的年轻研究生们[①]，还有出入草田家的闲杂人等，一哄而上极力称赞夫人的画作，到头来导致夫人上了头，说了一句“我是天才”的胡话就离家出走了，我听着听着好几次都忍不住笑出来，太尴尬了。原来如此，确实适得其反了。这是有钱人家里常见的，愚蠢喜剧。

“什么时候出走的？”我已经从内心开始完全瞧不起草田夫妻了。

“昨天。”

“什么嘛。既然这样就没什么好慌张的了。如果我喝太多酒，我的妻子也会去乡里住一晚上再回来。”

“那和这是不同的。静子似乎是想作为艺术家，过自由的生活，拿了很多钱走的。”

“很多？”

“稍微有点儿多。”

草田惣兵卫氏这般的有钱人，稍微有点儿多的话，我觉得可能是五千日元，或者说一万日元。

“那是不行的。”我开始有了些许兴趣。贫穷的人，不可能对钱的话题不关心的。

“静子一直在读您的小说，我想着一定是会去您家叨扰吧。”

---

① 研究生：日语里的“研究生”意为具有一定资格、从事特定研究的学生。

“别开玩笑。我是——”虽然我想说我是她的敌人，但总是微笑着的草田惣兵卫氏，只有今天脸色苍白、垂头丧气，看着他这副样子，我很难讲出口。

我们在吉祥寺前分开了，分手的时候我一边苦笑一边问道：“到底是画着什么样的画呢。”

“很古怪的画。真的有类似天才的地方。”这个回答令人感到很意外。

“欸。”我没有接上第二句。对这对愚蠢的夫妇，我深感愕然。

接下来的第三天，我们的天才女士带着绘画工具箱，出现在了我的陋室。她穿着工人服般的简陋衣服，面颊消瘦得都有些可怕，眼睛显得格外大。但是所谓一流富人的品味，是不可沾染俗气的。

“请进。”我用特别粗暴的口吻说道，“你去哪里了？草田很是担心你。”

“你是艺术家吗？”她就那样呆立在玄关的水泥地，扭向一边嘟囔道，语气还是那样冷漠又傲慢。

“你在说什么呢？不要说这种装腔作势的话，草田先生也都吃不消了。你忘了你还有玻璃子了吗？”

“我在找公寓。”夫人完全无视了我的话。

“这附近有吗？”

“夫人，你怎么了？你这样会成为别人的笑料的。请别这样。”

“我想一个人工作。”夫人一点儿也不发怵，“我租一所房子也是可以的。”

“草田先生也后悔自己适得其反的做法了。在二十世纪，没有艺术家也没有天才。”

“你是俗物。”她一脸平静地说道，“草田我还能理解。”

我一向会把对我讲话如此失敬的客人赶走。我有一事是相信的——无需被谁理解，任何人不愿意来的话就别来。

“你来做什么的？不如回家，怎么样？”

“回家，”她微笑了一下，“给你看看我的画吧。”

“够了。我大体是清楚的。”

“好吧。”她就像要把我脸上盯出洞来一样，“再见。”

然后回去了。

什么事儿啊。那个人，好像应该和我是同年的，都有十二三岁的孩子了，被人们捧得要发狂了。捧她的人也真是的。这件事令我很不愉快，甚至让我感到恐怖。

那之后大概两个月间，静子夫人没有来访，不过在那段期间，我却收到了草田惣兵卫氏的五六次来信。他似乎束手无策了。静子夫人，自那之后在赤坂①的公寓生活。她开始还老老实

① 赤坂：在今东京区港区。

实地去中泉画家的画室学习，继而轻蔑老画家，基本也不学画了，把画家画室里的年轻研究生们召集起来叫到自家公寓，醉倒在那些研究生的恭维里，每天得意扬扬地胡闹。草田惣兵卫氏忍着耻辱，独自一人造访她在赤坂的公寓，恳求她回家，但却是白费功夫，被静子夫人嗤之以鼻，甚至还被那群溜须拍马的研究生攻击为天才之敌，就连带去的钱都被抢走了。他拜访了三次，三次都吃了同样的苦头。到了现在，草田惣兵卫氏也已经做好了精神上的准备。即便如此，玻璃子也还是很可怜。该如何是好啊，作为男子，再没有比这更痛苦的处境了。过了四十岁的一流绅士草田惣兵卫氏，把这些写在信上寄给我。但是我也没有忘记某日在草田家蒙受过的奇耻大辱。有的时候我的执念之深，让我自己都感到毛骨悚然，只要受过一次侮辱，就无论怎样都忘不掉。对于草田家此次的不幸，我一点儿同情的感觉都没有。草田惣兵卫氏再三给我写信，拜托我“还请您劝劝静子”，我没有行动。我不想成为有钱人的跑腿儿。“我是夫人相当轻视的人，没有办法派上用场。”我说着诸如此类的话，总是拒绝他。

十一月初，正是庭院的山茶花开始盛开的时候。那天早上，我收到了静子夫人的信。

——耳朵听不到声音了。我喝了太多劣质酒，引发了中耳炎，去看过医生了，但是已经迟了。药罐热水的咝咝沸腾声，我也听不到。窗外树枝的枯叶四散摇曳，我也什么都听不到。到死我都听不到声音了。其他人的声音，听来就像从地底发出来的一样。但这种声音，最终我也会变得完全听不到吧。直到现如今我才真正认识到，耳朵听不见，是一件如何令人孤独和焦躁的事情。去买东西时，那些不知道我耳朵不好的人，就像对待普通人那样说话，我完全不知道他们在讲什么，很难受。为了安慰自己，我试着去想耳朵不好之外的其他事，才总算能熬过去。最近会经常有“想死啊，想死啊”的念头，但一想起玻璃子，我就又改变主意，想着必须要想方设法坚持活下去。这段时间，想着哭对耳朵不好，我忍了又忍，可是泪水终于在两三天前抑制不住，一下子像瀑布一样流了出来，心情稍微轻松了点儿。现在对于耳朵听不到这件事，我有些看开了，当初刚开始恶化的时候，我都要精神失常了，一天之中，要很多次很多次地，用火筷子[1]试着去敲打火盆的边缘。我是在测试自己能不能很好地听到声音。即使是半夜，如果醒过来，我会马上俯

① 火筷子：夹炉中煤炭或通火的用具，用铁制成，形状像两根筷子，一端由铁链子连起来。有的地区叫火箸。

卧在被窝里，噼啪地敲击火盆，非常可怜的模样。我还会试着用力挠榻榻米，会尽可能地选择难以听取到的声音来尝试。有人来家里，我会让他一会儿发出大点儿的声音，一会儿发出小点儿的声音，一个小时两个小时持续地这样要求，从各个方面测试自己的听力，客人们也都吃不消，这段时间，他们也不怎么来了。曾经，我一个人在很晚的时候站在电车通过的道路上，竖起耳朵听从眼前驶过的电车声。

而到现在，电车的声音，变成了撕开一张纸般的小小声音。不久，我就要什么都听不到了吧。我的身体整体似乎都不太好，每天晚上都要换三次睡衣，因为盗汗会把睡衣湿透。我把到现在画的所有的画都撕掉扔了，一幅都没留。我的画，非常拙劣。只有你说了真话，其他人都是在恭维我。我以前想如果可以的话，想过上如你一样，贫穷但安逸的艺术家生活。请笑我吧。我家破产了，母亲也在那之后不久去世，父亲逃去了北海道。在草田家待着，我开始变得痛苦了。那个时候开始读你的小说，我意识到还有这样的一种生活方式，就像找到了一个活着的目标一样。我也和你一样，是贫穷的人，所以就想见你一面。三年前的正月，真的是时隔许久见到了面，我非常高兴。看着你任性的喝醉方式，我非常羡慕，甚至感到嫉妒。这才是真正的活着的姿态，没有伪装，没有奉承，一个人骄傲地活着。我觉得这样活着的方式，很好，但是对我来说却做不到。那段时期丈夫推荐我去学画画，我很信任他，（现在我也仍爱着我的丈夫）就去中泉先生的画室学画画，转瞬间我成为众人狂热赞赏的对象。最开始我感觉到困惑，但是连丈夫也一本正经地告诉我说，你可能是天才之类的。我是非常相信丈夫对于美术的鉴赏力的，终于我也上头了，想要开始以前憧憬的艺术家的生活，于是我离家出走了。我真的是个愚蠢的女人。和在中泉先生的画室学画的研究生们在箱根游玩了两三天，那期间我完成了一幅自己有点儿满意的画作，首先想到请你看一下，就精神抖擞地去了你家，没想到把自己搞得狼狈不堪。我感到非常耻辱。我想着给你看了我的画，得到赞扬之后，就在你家附近租一间房子，作为同样贫穷的艺术家，和你成为朋友。我是疯了。被你当面骂了之后，我才神志清醒过来，知道自己有多愚蠢了。不论年轻的研究生们如何赞扬我的画，那都是肤浅的奉承，我也发现了他们会在暗地里嘲笑我。但是那个时候我已经落到了无法挽回自己昔日生活的境地，已经无法回头了，那就看看到底能够跌得多深吧。我每天晚上都在喝酒，和年轻的研究生们彻夜喧闹，喝烧酒，也喝杜松子酒。我真是个令人讨厌的、愚蠢的女人。

我不抱怨了。我要痛快地接受惩罚。窗外树枝摇曳，今天的风刮得厉害，雨从一旁吹打进来。雨的声音，风的声音，我什么都听不到，就像默片一样。这黄昏时刻让人觉得孤独得可怕。这封信无须你的回信，也请不要在意我的事情。因为实在孤寂，所以我才写下了这封信。请不要介意——

信上可以看到公寓地址的门牌号，我便出门了。

那是个相当漂亮的公寓，但是静子的房间太糟糕了。六榻榻米大小，房间里什么都没有，只有火盆和桌子。榻榻米掉色发红，湿漉漉的。房间采光不太好，有些昏暗，有一股水果腐烂般的味道。静子在床边坐着，微笑着。再怎么样，她的穿着打扮还是收拾得很干净，容颜也仍有美丽残存，比起两个月前见到的样子，似乎还胖了一些，但是不知怎的让人感到可怕。她的眼睛里没有力量感，那不是活着的人的那种眼眸，瞳孔灰得不鲜明。

"乱来！"我近乎是大叫着说道。但是静子摇摇头，只是笑着。似乎是完全听不见。我在桌上的信纸上写下"请回草田家"，让静子看。然后两个人开始了笔谈。静子也坐在桌旁，热心地写着。

请回草田家。

对不起。

不管怎样，回去。

回不去了。

为何?

没有回去的资格了。

草田先生在等你。

说谎。

真的。

回不去了。我做错了。

糊涂。你接下来怎么办?

对不起。我打算工作。

有钱吗?

有。

请给我看看画。

没有。

一幅都没有?

没有。

我突然很想看看静子的画作。我有一种神奇的预感，一定是好画，是精彩绝伦的好画。一定是这样。

没有继续画画的意思？

很羞耻。

你一定画得很好。

请不要安慰我。

可能真的是天才。

请别这样。请回吧。

我苦笑着站起身来，只能回家了。静子夫人没有目送我，就那样坐着，恍惚地看着窗外。

那天夜里，我拜访了中泉画家的画室。

“我想看静子小姐的画作，您这里有吗？”

“没有。”老画家用友善的笑脸说道，“她不是全部都自己撕掉了吗？跟天才一样呢。那样任性是不行的。”

“画错的素描也好，什么也好，我想看一看。有吗？”

“稍等。”老画家歪了歪头，“只有三张素描在我这里，但是前段时间那个人来了，在我的面前把那三张给撕掉了，似乎是有人严厉打击了她的画作。那之后就……啊，想起来了，有了有了，还剩一张。我们家女儿手里，应该是有一张水彩的。”

“给我看看。”

“请稍等一下。”

老画家去了画室里面，不久便笑嘻嘻地拿着一张画出来了。

“太好了，太好了，女儿珍藏了这幅画，真的是帮大忙了。现在留下来的，恐怕只有这一张水彩了。现在就算给我一万块我也是不会放手的啊。”

“给我看看。”

这是一张画着水仙的画，水桶里插着二十来枝水仙。我拿到手里瞥了一眼，就刺啦、刺啦地撕开了。

“你在做什么！”老画家惊呆了。

“不就是一幅无聊的画嘛。你们对有钱人家的夫人阿谀奉承，然后把夫人的一生都给毁了。严厉打击了她的男人就是我。”

“也不是那么无聊的画吧？”老画家突然失去了自信的样子，“虽然我也不太懂现在新人的画。”

我把那幅画撕得更碎了，扔到了暖炉里添作燃料。我觉得我是懂画的，甚至可以教授静子夫人。水仙的画，绝对不是无聊的画作。它是绝妙的。为什么我把那幅画撕碎了呢？这就交给读者自行推测了。

后来，静子夫人被接回了草田惣兵卫氏的身边，在那年年末自杀了。我的不安越发强烈，总觉得那幅画是天才之画一般。自然而然，我想起了忠直卿的故事，实际上忠直卿不就是个技艺高超的剑术达人吗？某天夜里我突然被这奇妙的疑念所捕获，以至于我这段时间都不安到难以入眠。在二十世纪，可能也会有艺术的天才活在这个世上。

小小相册

（客人）难得来家里，我却不能很好地招待，心里会觉得很过意不去。关于文学的讨论，我已经腻了，那不就只是闲着无事，说他人的坏话吗？我开始厌烦文学了。这样的说法怎么样？——“他因为太讨厌文学，所以成了作家。”

这是真的。原本不好战的国民都因无法忍受而站起来时，就会变得很强大，就能所向无敌，不是吗？你们也都更讨厌文学一点儿怎么样？真正新的东西，就是从那样的地方孕育出来的。

我的文学论，就到这里，剩下的就是不叫的萤火虫[①]，沉默的海军之类的了。

我总觉得，人家好不容易来我家玩，像这样一点儿都不热情的话，我自己都会觉得沮丧。要是有酒之类的倒还好，但

① 不叫的萤火虫：出自谚语“鳴く蝉よりも鳴かぬ蛍が身を焦がす”，意思是“比起激动鸣叫的蝉，不会发出声音的萤火虫以仿佛燃烧自己的方式发出光芒，更能让人感受到迫切的心情、深切的情谊”。

是两三天前分配下来的酒，我已经在当天喝掉了，真是特别不凑巧。我想出去到哪个地方喝酒了，然而也是不凑巧，啊哈哈哈——也不行，这个月的钱花过头了，现在正闭门索居。能把书卖出去之前我还是不要想喝酒，唉，忍耐一下，喝点茶什么的，花点儿时间，好好考虑一下今晚怎么玩吧。

你来玩了对吧？不管是去哪里都受轻视，囊中也很羞涩，你是想着要是去 D 的家里，能心情好点儿才来的吧？我感到非常荣幸，这样被一个人信赖着，要是没有一件能回应你期待的事，也太残酷了。

好了，今晚给你看一下我的相册吧，里面会有有意思的照片也说不定。在接待客人的时候拿出相册，就是这个人相当没有热情的证据吧——差不多招待一下，然后想委婉地让人家回去的时候，这个相册就会被拿出来。要当心。（不过）不要生气，我不是这样的，只是今晚不巧没有酒，也没有钱，也不想进行文学探讨，但是就这样让你白白回家，我也觉得于心不安，这就是所谓穷极之策，才把这寒酸的相册拿出来。原本我觉得把自己的照片给别人看是一件很讨人厌的事，是一件很失敬的事，如果不是特别亲近的关系，就不应该给人看。一个男人，上了年纪了，真的是不像样。不知怎的，我对照片这种东西根本就没有兴趣。不管是拍照，还是被拍，我都一点儿兴趣都没有。我完全不相信照片这种东西，所以不管是自己的照片，还是他人的照片，都不会很要紧地保存。基本上这样的东西，我都直接扔到抽屉里就不管了，所以每次大扫除或者搬家的时候，都会一点点地丢失，留下来的只有少量的一些。前些日子，妻子把留存下来的少量照片整理之后，做成了这样的相册，最开始我也说她小题大做，不太赞成。但是这样做出来，慢悠悠看着的时候，我也涌现出一些感慨，不过也是仅限于我一个人的暗自感慨，其他的人就算看了，可能会觉得这样的东西一点儿意思都没有。但是今天晚上怎么都没有其他的话题了，难得你来，我却什么招待的也没有，也太扫兴了。所以我想尽了办法，拿出了这样的东西，看在我“贫者一灯”[①]的心意上，虽然没意思，但也看看吧。

在这里先做个说明。这个相册可能会让你感觉像是笨拙的连环画剧一样，但也请不要笑，且听我道来。

这里没有太老的照片，像刚刚说过的，搬家啊大扫除的时候，不知道什么时候照片就没了。相册最初的一页，一般都贴着所有者父母的照片，我的相册里却没有这一张。不要说父母的照片，就是亲人的照片这里也一张都没有。不对，去年的秋天，我上面的姐姐给我寄来了一张她和年幼长女共拍的手札型[②]

---

① 贫者一灯：出自句子“長者の万灯より貧者の一灯”，指贫者以虔诚之心供养一灯，其功德大于富豪之供养万灯。比喻饱含真心行为的宝贵。

② 手札型：指 31/4 寸乘 1/2 寸的照相板或用这种感光板照的相片。

照片，真的也就只有这一张了，其他亲人的照片一张都没有。不是我故意把亲人的照片排除在外，而是从十数年前开始，我就和故乡的亲人没有书信往来了，自然也就造成了这样的结果。另外，一般相册里都会有相册主人婴儿时期的照片，或者说小学生时代的照片等可以来助兴，可是我的相册里也没有这样的照片。可能故乡的家里还保存有这些照片，但我手边是没有的。所以，只是看这个相册，人们不可能推测出我到底是哪里冒出来的一个臭小子。想一想都令人觉得这是一本略微有些寒碜的相册。开卷第一页，主人公已经是高中的学生了，实在是非常唐突的第一页。

这是在 H 高中的讲堂。学生有四十人左右，举止端正地排着队，这些都是我的同学。主任教授在前面队列的中央位置坐着。这是我的英文老师，我有时会被这位老师夸奖。不要笑，我说的是真的，就算是我，那个时候也很努力学习来着。不仅是被这位老师，我也被另外两三位老师表扬过。是真的。我努力想成为第一名给大家看看，但是到底还是没能成。就是这个站在第三列队头的小个子学生，只有这个人，我无论怎样都没能赢过。这个人很厉害，摆着这样心不在焉的神色，实际上却非常优秀，没有一点点鼓足干劲的样子，却始终踏实。这可能才是货真价实的吧。据说他现在是在朝鲜银行工作，和这个人比起来，我大概就是个冒冒失失的轻薄才士吧。看看，这张照片里我在哪里，知道吗？是的，紧紧地挨着那位主任教授坐着的，轻佻浅笑着的学生确实就是我，才十九岁，就已经这么精于此道了，真的是很让人讨厌吧。那个时候我在笑什么呢。你看，在这大约四十个人的学生中，笑的人只有我一个不是吗？本应是非常严肃的纪念照，这样微笑什么的，简直是胡来，太不谨慎了。为什么会这样呢？趁着照相开始前的忙乱，不知道什么时候，我就坐到了最前排老师旁边的座位上，默默笑着，真是个不可救药的家伙。这样的人要是长大了，会成为小偷里面的名人吧。但意外的是，看来哪里出了个大纰漏，这个人不仅没成为小偷头头，还经历了难堪的连续失败，在之后的十几年间，哭着嚷着，无病呻吟着，活成了一场不得了的闹剧。

看这张。下一张照片就暴露了我愚蠢的本质。这张也是高中时代的照片，在公寓房间里，我以手托腮，手放在桌子上，摆出放松的姿势。多么装模作样啊。上半身软绵绵地弯曲着，如同歌舞伎在小憩一样，用右手掌轻轻托着脸颊，抿紧嘴唇，眼睛朝上，眺望着远方，就是这样愚蠢的姿势。藏青色白色花布配角带又是一种奇异的风俗。这是不行的。衬衫的衣服领子严丝合缝，这样仿佛就是在表达，我打算用我的衣领上吊自杀一般。真的是过分啊。我当场就想发作，想把这张照片撕掉扔了，但是这样做太卑劣了。我的过去，确实有过这样的姿态，可能是受了镜花[①]的坏影响。请笑我吧。我不会逃走，也不会躲起来，我会接受惩罚，爽快地交与您过目。即便如此，这人也实在是有点儿过分了对吧。那个时候的高中，硬派和软派[②]对立。软派的学生有时候会被硬派的学生殴打。但是，我就算穿着这样明显的软派装束走在大街上，到头来也一次都没有被打过，甚至没有被劝告过。就连硬派面对我这样的姿态，也会感到相当震惊而敬而远之吧。虽说我在今天也还是个相当的蠢货，但是那个时候比蠢还要更糟。那时候我是个妖怪，一边过着挥霍无度的生活，一边对于活着这件事感到厌烦，还计划过自杀，那会儿于我的生命来说是个什么是什么都搞不明白的时期。虽说是大软派，但是这也只是表面形式，我对女性还是很发怵的，外在这些只是瞎装模作样罢了。因为女人的事引发实际问题，是在我进入大学以后了。

这是大学时期的照片，这个时期因为多少尝到了类似于生活的东西，我脸上的表情也似乎没有那么反常了，服装也是普通的制服和制服帽，甚至还能多少看到些老态和疲态。这个时候，我已经和某个女人开始了同居生活。但是，像这个样子夸张地抱着胳膊，的确还是有些装腔作势。不过，照这张照片的

---

① 镜花：指日本小说家泉镜花（1873—1939），代表作《夜间巡警》《外科室》《妇系图》《歌行灯》等。他以追求美的观念和浪漫主义丰富了日本文学。

② 硬派和软派：在学生里的硬派，在流行服装和男女交往方面避开软弱的部分，突出男子气概和质朴刚健；软派则与此相反。

时候，我也是不得不这样摆拍。在我的两侧站着的两名美男子，眼熟吧？对的，他们是电影演员 Y 和 T。还有蹲在前面的两位女子，有印象吗？是的，女演员 K 和 S。是不是很吃惊？这是我在上大学的那一年秋天，被人带着去松竹[①]的莆田摄影所玩，这个就是当时留下的纪念照。带我去的人，似乎是电影界相当有声望的人，那一天大家非常热烈地欢迎我们。在我们后面，站着两个胖墩墩的男人对吧。戴着眼镜的人是那位有名望的人，另外一位皮肤很白的是摄影所的所长。这位所长非常平易近人，对于不过是一介书生的我，也不会看低，而是用心招待，也没有商人那样的铜臭味，而是个非常认真、彬彬有礼的人，真是令人敬佩。我们在摄影所的中庭，和核心演员拍摄纪念照，被称为美男子、让世人兴奋不已的 Y 也好，T 也好，我都没有觉得特别帅，三个人并排站在一起，我还觉得自己是其中最帅的人吧，所以才会这么夸张地抱着胳膊，那之后看到寄来的照片，果然我不行。为什么我如此土气呢。Y 也好，T 也好，这样再看，果然很清秀。而我就好像一头骆驼迟钝地站在两匹赛马中间一样。为什么我这样土里土气呢？即便如此，还自我感觉相当良好地抱了胳膊，真是特别自负的男人。我最近才明确认识到自己身上笨重的土气。不过现在对于自己的这份土气，我也没有

① 松竹：松竹株式会社，日本五大电影公司之一，从 1895 年开始营业，距今已超过一百年。

感到那么羞愧了。

学生时代的照片，只有这三张。那之后三四年间，我的生活乱糟糟的，没有让人给我拍照的从容心境，而且就算有好事者，试图拍下我当时的样子，我也东张西望、四处活动，一刻也停不下来，所以别人除了放弃拍照之外也别无他法了吧。即便如此，这里应该也留下过两三张我穿着工人服站在银座里边的酒吧门口之类的照片，但是不知道什么时候不见了，都不是那种令人觉得可惜的照片。

纷争之后我生了一场大病，好不容易出院，借住在了千叶县的船桥郊外的小房子，几乎过上了病人的生活，那个时候的样子是这样的。瘦了很多吧？这才是皮包骨。不像我的脸了吧？虽说是自己，但看起来多少让人有些不舒服，感觉像是爬虫类。自己当时也觉得余命不长。那时候我的第一部创作集《晚年》被出版，在创作集的初版里，就放了这张照片。当时想着就把它当作“晚年的肖像”，但是到如今我也没有死成，就好像是白日的萤火虫，笨拙迟钝地走来走去一样。

请看看这张照片。在船桥住了两年，我又来了东京，和同住了六年的女人分开，一个人在郊外的租屋无所事事地待着时，变得这么胖了。最近又稍微瘦了一点回来，但是在这个租屋时期，我就像鼹鼠一样胖。这张照片，正是我胖了太多、害羞地笑着的时候。在第二部创作集《虚构的彷徨》里，我插入了这张照片。有朋友说我和叫作鸭嘴兽的动物特别相像。也还有另外一个朋友安慰我，说我很像道格拉斯[1]这名喜剧演员，说完还让我请他吃饭。不管怎样，我就是太胖了，这么胖，就算一脸孤独，也一点儿不显眼。那段时间我这样胖着，尽管感觉到非常孤独，但是这种孤独感却一点儿也没有在脸上显现出来，反而变成了这种似乎有着害羞笑容的表情，所以没受到任何人的同情。

看看这张，我蹲在湖边低着头，在思考着什么，这是那个时候前辈带我去三宅岛[2]游玩的照片，我当时心情非常孤苦，像这样一个人蹲着，但是冷静地评价的话，就好像是懒散地在打着瞌睡，一点儿也没有忧愁的形迹。这是“岛上国王”A 氏在我不知情的时候，悄悄地拍下来的，然后放大了这么多，特意给我寄过来。A 氏是岛上最富有的人，也会作诗什么的，是个如同岛上国王一般悠闲度日的人。这次的旅行，就是 A 氏邀请的。我们一行人那时受到了他非常多的关照，结果懒于动笔的我到现在都没有寄给他任何的谢函。这段时间三宅岛火山爆发，我一边想着他们一定是很困难吧，但是又因为懒于动笔仍没有寄送问候函。东京的作家竟然如此不讲人情礼仪，国王应该正对此感到愕然吧。

---

① 道格拉斯：美国演员道格拉斯·范朋克（1883—1939），初期影片以讽刺喜剧为主。
② 三宅岛：是伊豆诸岛中的一个岛屿。

接下来是在甲府时候的照片。我又一点点地瘦了下来，从东京郊外的租屋，拿着一个包就踏上旅途，然后就那样直接在甲府住了下来。我在那里待了两年，在甲府结婚，然后移居到了现在这里的三鹰。这张照片，是在甲府的武田神社，妻子的弟弟给我拍的，到底还是已经老了的样子。那时候应该正好是三十岁，但是从这张照片里看来，我好像是四十岁以上的大叔，大概是因为和常人一样操心了的缘故吧。我也没有摆什么姿势，只是这样心不在焉地站着，不对，我正很稀奇地盯着脚边的大叶竹，完全就是在发呆。还有，这张坐在走廊上睡眼惺忪的照片，也是我住在甲府时期照的，既不精神抖擞，也没有一点儿暴躁，如同南瓜一样没有神经，像是三天没洗过脸，甚是丑陋。但是作家日常的面容，这样也就足够了。我可能慢慢地变得货真价实了。也就是所谓的真正的俗人。

之后全是来到三鹰之后的照片了。给我拍照的人变多了，向右、好的，向左、好的，稍微笑一下、好的，根据人们的指示摆姿势，净是些无聊的照片。也有两三张有意思的，不，说是滑稽的照片比较合适。还有一张裸体照，这是和I君一起去四方温泉的时候，I君偷偷地“咔嚓”照下了我泡在温泉里的样子，幸好是侧着身子，如果是正面的话可受不了，真是危险。但是我拜托I君给了我胶卷底片，要是被加印了什么的，那可就不得了了。I君给我照了很多照片。这张是今年正月和K君两人，一起穿了带有家徽的和服，去了井伏先生无人在家的宅子（作家井伏鳟二氏[①]，在前年的晚秋，作为军报道班员被派遣到了南方）拜年，刚好I君穿着国民服也来拜年，那个时候，I君让我们两人站在庭院里给我们拍了照片。一点儿也不合适对吧？很奇怪对吧？先不说K君，我穿着带家徽的和服，简直太异样了。根据K君的评价，说是像摩西[②]穿和服一样，被他说中了。反正就是不正经，脸部骨节非常突出，而且似乎还变大了。你看这张，这是和某位朋友在出版纪念会时的照片，在这么多张排列着的脸中，有张超群突出的大脸，那就是我的脸。有个笑话是这样的，在成排排列的毽子板[③]中，我三岁的女儿，撒着娇说想要特别大的那个，店主人回答说，小姐啊，那可不行，那是招牌啊。

脸要是变得这么大，完全就谈不了恋爱了，就像高丽屋[④]一样呢，可不能笑，就是那个制造出“丑角”的高丽屋。不过没有进了理发店，唰的一刀就变漂亮的“其实（是这样）”的场面，到结束为止，都是个“丑角”。也不是“角”，就是货真价

---

① 井伏鳟二：日本小说家（1898—1993），代表作《山椒鱼》《黑雨》。

② 摩西：以色列人的民族领袖，史学界认为他是犹太教创始者。在摩西的带领下，古以色列人摆脱了被奴役的悲惨命运。

③ 毽子板：用来击打毽子的工具，两人互相用毽子板击打毽子，让毽子掉落的一方就输了，输的一方要被在脸上涂墨作为处罚，这是日本一种在新年时的传统游戏，主要是女孩玩。

④ 高丽屋：日本歌舞伎家族屋号。

实的“丑”，成不了什么戏剧。但是，似乎就是哪里很像。归根到底，都是很不简单的，只能等着有好奇心的女子的出现了。

得意忘形，光在说愚蠢的事情了。妻子曾经忠告过我，即便是你，也不要讲那么愚蠢的话，那样只会被客人轻视的，能更认真地说话吗？完全就像个三流通俗小说家一样，但是痛苦的时候，能坦率地浮现痛苦表情的人是幸运的。紧张的时候，能直接那样呈现紧张姿态的人是幸运的。我在痛苦的时候，只想哈哈傻笑，太苦恼了。就算是内心特别紧张，我也会突然想开始讲蠢话，真烦人。尼采说过一句精彩的话：“笑着谈论严肃之事。”话虽如此，我在生气的时候是真心在恼怒。我的表情只分为恼怒和笑容两种。我意外地是个表情贫乏的男人。但是这段时间，我想着一年也就生一次气吧，留心着大部分的时候都要忍着笑过去。但另一方面，生气的时候——不，我不要用这么带有胁迫性质的说法，我自己都会感到不愉快——生气的时候就是生气。请看看这张照片，这是最近的照片，我身着宽松长袖配短裤的轻装，在推着婴儿车，车里是小女儿，我带她去附近的井之头自然文化公园看了孔雀，看起来很幸福。会持续到什么时候呢？下一页会贴上什么样的照片呢？会有出乎意料的照片吗？

归去来

净是别人在关照我，今后恐怕也是这样的吧，被大家重视着，然后吊儿郎当地活到了现在。今后说不定还是会用一副满不在乎的神色活下去。这样在我死之前，是不是都无法报答众多恩情呢？这么一想，实在是有些难受。

我确实是承蒙了很多人的关照。大家对我真的关怀备至。

这次我打算只写北先生和中畑先生的事情，其他的大恩人，我想等我更能干了，再按照顺序试着写写看。我总感觉自己现在的写法还很笨拙，无论如何都没法顺利地写复杂的关系，但如果是北先生和中畑先生，以我现在的能力应该还是能比较正确地写出来的吧。说起我们的关系属于哪种，就是单纯又明白的关系。但是要想描写实际存在于朴素生活之中的人，当然要有与之相应的必要的细致体察。毕竟那些人对于我的描写，甚至连申请订正的机会都没有。

我绝对不能写虚假的事情。

中畑先生和北先生，都是五十岁上下。中畑先生可能要年轻一两岁。中畑先生似乎很受我已逝父亲的喜爱。他在我家镇子隔了三里左右的五所川原镇上，是古老吴服店[①]的掌柜，经常来我家帮忙做些家里的事情。我父亲称他为“草木”，意思就是他没有一点儿魅力，快到三十了也不想娶媳妇，似乎父亲是取笑他这一点所以才戏称他为“草木”。不过最终由我父亲做主，给他做媒娶了我家远房亲戚的一位好姑娘。中畑先生不久就自立门户经营吴服店，很是成功，现在是五所川原镇的名士。在这十年间，因为我的事，让中畑先生一家既担心又为难，实在是给他们添了太多麻烦。

我十岁左右的时候，去五所川原镇的姨母家玩，一个人在镇上溜达的时候，“阿修！”突然有人大声叫我，吓了我一跳。原来是中畑先生从吴服店里面叫我。太突然了，我实在是被吓到了。在那之前，我不知道中畑先生在那样的吴服店工作。他坐在有些昏暗的店里，啪啪地拍着手，还向我招手，但是被那么大声音喊到名字的我，因为太羞耻所以就跑走了。我的本名就是修治。

我在中学时期也有过一次被中畑先生毫无预兆地叫到名字的经历。我记得是在青森中学二年级的时候，早上去学校的途

---

① 吴服店：售卖和服的店。

中，和一个排的士兵擦身而过时，毫无防备地突然听到一声大叫，“阿修！”我大吃一惊。那是中烟先生，他正扛着枪在走路，帽子拉到脑袋后半戴着，是在进行预备兵的召集演习训练吧。我实在很意外中烟先生是士兵，都语无伦次了。中烟先生则若无其事地微笑着，等到稍微和士兵队伍拉开了点儿距离，我的脸红到了耳根，更加惊慌失措地跑开了，还能听到其他士兵的笑声。

我想把这两次被他叫名字的经历，一直珍视地保留在记忆里。

昭和五年（1930）我上了东京的大学，那之后中烟先生成了我不可或缺的人。他已经独立经营吴服店，每月都会到东京来进货一次，每次他都会悄悄地顺便到我这里来一趟。当时我和某个女人一起住在一栋房子里，和老家的人没有书信往来，但是中烟先生被母亲等家人暗中拜托，在我和家人间帮忙传达消息。我也好，女人也好，都承中烟先生的盛情厚意，放肆地说任性的话，实际上也麻烦了他各种各样的事情。能够最直截了当地说明那时事情的文章，现在就在我的手边，我来介绍一下。这是我的创作《虚构之春》结尾部分的书信，当然也是虚构的书信。但即便是事实上有很大的差异，也可以说在氛围上是很接近事实的。书信是某个人（那个人绝对不是中烟先生）寄给我的，当然这在事实上毫无根据，因为中烟先生一次都没有写过这样奇妙的信。我会反复叮嘱，接下来的全部内容不过是我捏造的小说，下面我就来介绍一下那篇文章吧。如果各位能看明白，我是如何狂妄自大地给大家添了麻烦，就太好了。

前些日子，（二十三日）根据母上大人的吩咐，送去正月用的年糕和咸鱼一包，黄瓜一桶。但据您来函所述黄瓜未到的事，已调查贵地停车场，等候回复中，给您添麻烦了，以上希望您转达给尊夫人。以下内容是我的两三句说明。新年之后的二十八年间，从十六岁的秋天开始到四十四岁的现在，我是津岛家出入的贫穷商人，毫无学识，在此无礼冒昧，汗颜叩拜，请谅解我接下来长篇大论的劝告，请暂时原谅我会让您的耳朵不太舒服的陈述。

根据传言，这段时间，您借钱的恶习故态复萌，甚至向未有一面之识的名士提出借钱，且如犬般哀诉恳求，还断绝饮食，恬不知耻地认为，借钱无坏处可言，如果按照约定按时返还，也不会给对方添麻烦，自己也能得救一命，哪里不好？前些日子，您也因此向夫人掷了火盆，导致两扇玻璃窗户破损。这样的事我听一半就没有办法不停下暗自流泪。贵族院议员、勋二等的家世，对于你们文学者来说是没有什么值得夸耀的，一定是我多愁善感吧，想到您父亲大人去世之后，留下天地之间唯有一人的母亲大人，我觉得我等理应也要保持体面。“现在把我一个人当作坏人断绝关系、开除名籍、从家乡赶出去，终究是要靠不怀好意地骂我一人，才能平息各个方面的样子”这样的话语，让我感到非常遗憾。现在暂时除去名籍，但和家里协调之后，贵兄、尊姐会说几条你的坏话呢。这样的曲解必定是无用的。前些日子，从嫁到山木田先生家的菊子姐姐那里，我听到了她发自内心的叹息，虽然像戏剧一样，我承担了政冈[1]的重要角色，如果是对于讨厌的人，就算是（津岛家）主人血统的人，也不会这样关照。不仅是我，尊姐菊子小姐，也努力照顾您，虽然知道这会让她的夫家为难，但还是勉强奉献。所以从今天起请您一定要打消从别处借钱的念头，到了万不得已的时候，就告诉我们，请尽可能地忍耐。这件事情要是被贵兄知道了又会闹大，这次就由我暂时垫付，此事请做到心中有数。我再重申一次，我对于讨厌的人，是不会纠缠不休地说这说那的，包括此事在内，真心希望您爱惜、保重身体。

① 政冈：日本歌舞伎里登场的忠义乳母的角色。

昭和十一年（1936）的初夏，我的首部创作集出版，友人们为我在上野的精养轩举行了祝贺会。三天前中畑先生也偶然来了东京，顺道去了我那里。我找他死乞白赖地要了和服，请他帮我准备齐全最上等的麻纱和服、刺绣外褂、夏季裤裙、角带、长衬衣[1]和白布袜。中畑先生也很为难的样子，说时间非常紧迫，裤裙和角带可以马上备好，但是现在才开始选定和服和衬衣的样式并且让人缝制好……我没等他说完就马上强势地说，可以做的，可以做好的，试着拜托三越还是哪里的大吴服店，他们就会花一整天缝制，裁缝师们十人也好，二十人也好，一起缝同一件和服的话，马上就能做好的，在东京没有什么办不到的，我自信满满地说着这种自己也不清楚的事情。最终中畑先生也说，那我就试试看。第三天，在那天祝贺会的早上，我定做的所有东西，都从某个吴服店送来了。所有衣物都是上等品，今后我永远都没机会再穿上那样上等质量的和服了吧。我穿上那件和服，出席了祝贺会。因为那件外褂我穿起来看上去就是个艺人，所以虽然很可惜，但我还是没继续穿。祝贺会的第二天，我把所有东西都拿到当铺去了。就这样，最终还是没能留住它们。

① 长衬衣：穿在和服内的白色衣物。

我也极力邀请中畑先生和北先生出席这个祝贺会，但是两人都没有出席。可能是太客气了，或者也可能是生意繁忙、没有时间。我想向中畑先生和北先生介绍我的好前辈、好朋友，想让二位放心，但这也可能是我自以为是的骄傲自大罢了。看到那样的祝贺会，他们俩怎么会安心，说不定会对我的未来更加捏了一把汗。

我也确实给北先生添了麻烦。北先生在东京品川区经营西服店。虽说是西服店，也不仅仅是做西服的。很奇怪，他们家是很普通的住宅，没有看板也没有橱窗。在里面的一个房间里，手艺熟练的弟子二人咔嗒咔嗒地使用着缝纫机。北先生只做特定顾客的西服。他是匠人脾气的任性之人，品格里有富贵不能淫的部分。我的父亲和大哥的西服似乎都是让北先生做。自从我进入了东京的大学，北先生就专门监督我，然后我就净欺负北先生了。我做着一件又一件过分的坏事，甚至还被塞进北先生家里的二楼，过了一阵子寄居生活。老家的大哥惊讶于我的放荡，有时候想要停止给我寄生活费，每次都是北先生在中间为我和大哥谈判，拜托他再给我寄一年生活费。我和在一起的女人分手的时候，实际上也给北先生添了麻烦。这样的事多得数不清。如果按照我的实际感受来说的话，他受的累，就好像是写完了二十篇长篇小说那样的劳累程度。我还是那样一成不变，满不在乎地接受他给我的照顾，甚至连自己日常生活中的小事，都不自己处理。

三十岁那年的正月，我和现在的妻子举行了结婚仪式，那个时候也都是让中烟先生和北先生操心。当时我几乎可以说是身无分文的状态，彩礼钱的二十元也是找某位前辈借的。仪式的费用等，完全没有办法从任何地方筹措出来。当时我在甲府市借了一间小房子住着，在结婚的当天穿着日常的衣服，就到东京的那位前辈家中登门拜访去了。流程应该是先在前辈的家中和新娘会合，然后从前辈手里接过酒，再把新娘带回甲府。北先生和中烟先生在那一天代替我的双亲列席。我一大早就从甲府出发，中午时分到达了前辈家里。我真的就是穿着便装，也没有整理头发，也没有穿和服裤裙，只有这一身衣服，兜里近乎一分钱也没有。前辈在书房静静地工作。（前辈就是○○先生，○○先生老早就很讨厌自己的名字被写到小说和随笔里，所以我故意用了前辈这一失礼的普通名词。）前辈好像忘记了结婚仪式的样子。他一边整理着原稿用纸，一边向我说明庭院树木的事情。然后他好像突然意识到了一样说：“和服来了，是中烟先生送来的。好像是很好的和服呢。”

前辈拿出一套黑色纺绸礼服和裤裙，还有另外一套丝绸的条纹和服，这些完全在我意料之外。我愣住了，之前只想着从前辈手里接过表明结婚的酒杯，然后就直接把新娘带回去。过了一会儿，中烟先生和北先生一起笑着来了。中烟先生穿着国民服[①]，北先生穿着晨礼服[②]。

“开始吧，开始吧。”中畑先生性子急。

那天的菜肴，也是正式的宴席用菜，有鲷鱼[③]等菜式。我也穿上了条纹和服，还拍了纪念照片。

“修治，过来一下。”中畑先生把我带到了隔壁房间。北先生也在那里。

他们让我坐下后，两人也在我面前端正坐下，一起对我鞠躬说：“今天，恭喜你了。”然后中畑先生认真地对我说：“今天的菜稍显寒酸，失礼了，这是北先生和我为了修治筹措的，请安心接受。我们从上一辈开始就受到了你们家非比寻常的关照，趁着这样的机会，我们想尽量报答一些。”

我想，我不会忘记的。

“是中畑先生在操心。”北先生总是把功劳让给中畑先生，“这次的和服和裤裙，都是中畑先生用从贵亲戚那里奔走汇总的捐赠金做的哦。嗯，今后好好的吧。”

那天夜里晚些时候，我带着新娘乘坐新宿发的火车回家，

---

① 国民服：1940 年被规定为日本国民穿的衣服。除了外形酷似军服的男子服外，还有女性（女学生）专用的服装。

② 晨礼服：西式服装，是男性白天最高级的正装之一，也是结婚仪式时新郎、新郎新娘父亲、仪式主持人和主宾等的穿着服饰。

③ 鲷鱼：日本结婚仪式上通常会有鲷鱼这道菜，因为“鲷”的发音和日语里的“可喜可贺”的发音有重合部分。鲷鱼也会保持头尾俱全的形状端上餐桌，象征结为夫妻的二人有始有终、白头偕老。

没有打趣也没有开玩笑，我那个时候兜里真的只有两块钱了。钱这个东西，没有的时候就是完全没有。真有万一的时候，我准备要回那二十元彩礼金的一半。如果有十元，就能买两张到甲府的票了。

离开前辈家的时候，“我想要回彩礼钱的一半。”我对北先生小声说，“我还指望着这个呢。”

那个时候北先生真的生气了。

“你在说什么！你就是这样才不行的。你在想什么呢？你就是因为这样，才不行啊。一点儿都没长进不是吗？说这样的话，完全不可以不是吗？”他这样说着，从自己的钱包里，快速地掏出纸币，轻轻地用手递给我。

但是在新宿站我想买票的时候，新娘的姐姐和姐夫已经给我们买了票（二等票），我一点儿钱也没用上。

在月台上，我要把钱还给北先生，北先生说：“臭不可闻、臭不可闻。”说着摆摆手（但那钱是很干净的）。

结婚后，我没有犯什么大错，那之后一年，我搬离甲府的家，在东京市外的三鹰镇租了三个房间的房子，大小分别是六榻榻米、四榻榻米半、三榻榻米那么大，老老实实写起了小说。两年后，女儿出生了。北先生和中畑先生都非常高兴，带着漂亮的新生儿的衣服和襁褓来了。

现在北先生也好，中畑先生也好，对我都稍微安心一点了，不会像以前那样经常来看我，指示这个指示那个了。但是我自身和以前一样一点儿也没变，还是很痛苦，无可奈何地送走又迎来每一天。北先生和中畑先生不再来看我，让我总觉得有点失落，我想让他们来。

去年夏天，北先生穿着长靴，突然在雨中出现了。我赶紧把他带到我在三鹰很熟悉的猪排店。店里的女人到我们的桌旁来，把我称作“老师”，在北先生的面前让他见笑了，我觉得很羞耻。北先生注意到了我的狼狈，对女人一边微笑一边问：“太宰老师有没有亲切待你们啊？”女人怎么可能知道这个人就是我以前的监督者，就很随意地开着玩笑说“是啊，非常亲切呢”之类的话，我紧张地捏了一把汗。那天北先生是要和我商量一件事，比起商量，说命令可能更合适。他问我要不要和他一起拜访故乡的老家。我的老家，在本州的北端，接近津轻平原的正中间。我已经有十年没有见过故乡了。十年前，某个事件[①]发生以后，我就无脸再面对故乡了。

“大哥已经原谅我了吗？”我们在猪排店一边喝着啤酒一边说话，“不可能原谅了吧。”

“站在大哥的立场上，还不可能原谅。只是那是一回事，这次是我个人的意见想带你回去。什么？没事的。”

---

① 某个事件：应该指的是太宰治第一次与年轻女人赴死，但女人死去、他活下来的自杀事件。

“很危险啊。”我的语气很沉重，“这样恬不知耻地出发去了，要是吃个闭门羹又闹得不安宁，那就是自寻烦恼了啊。我想还是稍微保持现状，不去惊动。”

“没有这回事。”北先生自信满满，“如果是我带你去的话，就没问题的。你想想看，虽然这么说有些失礼，你老家的母亲已经七十了哦。这段时间，说是明显地衰弱起来。什么时候会发生什么事，我们都不得而知。那个时候，你们兄弟还是这种关系的话就不妙了。(那样)事情就是很麻烦的。”

“那也是的。”我开始忧虑不安了。

“对吧。所以借此机会，我带你去的话，嗯，就先见见家里的人们。先见上一面，下次再发生什么事，你也好没什么负担地赶回家。”

“如果能那么顺利就好了。”我还是很不安。不管北先生怎么说，我对此次归乡的计划，是彻头彻尾持悲观态度的。我有预感会发生了不得的事情。这十年来，我在东京确实是丑态百出，不可能被原谅的。

“什么啊，会顺利的哦。”北先生一个人气宇轩昂地说道，“你就当自己是柳生十兵卫[①]，我则担任大久保彦左卫门[②]的角

① 柳生十兵卫：日本史上有名的剑客。

② 大久保彦左卫门：大久保忠员的八男。跟随德川家康参加了许多战役。此后也侍奉于德川秀忠、家光，作为战国留下来的勇士非常受重视。

色，你大哥就是但马守[1]。一定能顺利进行的。但马守也好，什么也好，是没有办法赢过彦左的蛮横的。”

“可是，”弱小的十兵卫，还是无意义地怀疑着，“如果可以的话，不要那样蛮不讲理才好。我还没有十兵卫的资格，如果大久保时机不对地跑出来了，会发生非常了不得的事情的。”

对于过于耿直、脾气暴躁的强势大哥，我真的是恐惧万分。但马守也好，什么也好，现在不是能打趣的时候。

“我会负起责任来的。”北先生用强硬的口吻说道，“不论结果会如何，我会负起全部的责任。你就当自己已经乘上了大船，把这一切都交给彦左吧。”

事到如今我也没法反对了。

北先生性子急，说是第二天的晚上七点就要去坐上野出发的急行列车，我都交给他安排了。那天晚上和北先生分开之后，我进到三鹰的一家咖啡馆里，尽情地喝了很多酒。

第二天下午五点，我们在上野站会合，在地下食堂吃了饭。北先生穿着麻布白衣，我穿着平纹丝绸的单衣。不过我在包里准备了捻线丝绸的和服和外褂。北先生一边喝着啤酒一边说，“形势变了哦，”他稍微考虑了一下，然后说道，“其实你大哥来东京了。”

---

① 但马守：柳生十兵卫的父亲。

“什么嘛。那这次的旅行不是没意义了。”我很失落。

“不会。去故乡见大哥不是目的。我是觉得，见到母亲就可以了。”

“但大哥不在家的时候，我去家里好像有点卑鄙。”

“没这回事。我昨天见到了你大哥了，稍微跟他打了声招呼。”

“你说了要带修治回老家吗？”

“没有，没说这事。要是我这么说的话，大哥肯定会说，北君你要是这么做那我就难办了。不管他内心怎么想，总之他就处在必须要这么说的立场上。所以我昨天见到了他，也什么都没有说，说了就搞砸了。只是告诉了他，我要去东北那边有点儿事，明天会坐七点的急行列车出发，可能会顺便去一趟津轻的家里。这样就可以了。大哥不在家，反而更方便。”

“北先生要是说去青森玩的话，大哥很高兴吧。”

“是的，他想打电话吩咐家里陪我各处游览一下，我拒绝了。”

北先生很顽固，到现在都没有去我津轻的老家玩过一次。对于被人招待、蒙人关照的事情，他极其厌恶。

“大哥是什么时候回去呢。不会今天同一趟火车吧——”

“不可能。不能开玩笑。他这次是带镇长一起来的哦，据说是有点儿麻烦的事情。”

大哥有时候会来东京，但是绝不见我。

“就算去了老家，如果见不到大哥，也在相当程度上能避免争执。”我是想见到大哥的，然后想沉默着长长地向他鞠一躬。

“说什么呢，你和大哥此后什么时候都能见面。比起这个，问题在于母亲，无论怎么说都已经七十，不是，六十九了，对吧。”

“也能见到祖母吧，虽然她应该已经快九十了，然后还想见见五所川原的姨母——”这么一想，我想见的人有好多。

“当然都能见到的。”北先生用断然的语气说道，让人感觉非常可靠。

这次的归乡渐渐变得让人愉悦起来。我也想见二哥英治，还想见姐姐们，和大家都十年未见了。然后我还想看看那个家，想看看那个生我养我的家。

我们坐上了七点的火车。坐火车前，北先生给五所川原的中畑先生发了电报：七点出发——北。

就这么几个字，似乎中畑先生就已经很明白地知道说的是什么事了。这就是所谓心心相印吧。

“如果我明确地跟中畑先生传达我要带你回去的事情，他在自己的立场也会纠结的。中畑先生就是不知情，什么都不知道，然后会来五所川原的停车场接我，在那里见到你非常惊讶。如果不是这样一种形式的话，他之后面对大哥就很尴尬了。大哥可能会对他说，你知道的话为什么不阻止呢？但是中畑先生不知情，只是到五所川原的停车场来接我的时候才知道，然后大吃一惊的。这样的话，他看你好不容易从东京来了，也想让你看一眼母亲，这样的形式对于中畑先生来说责任会轻一些。剩下的就全部由我来负责，我是大久保彦左卫门，但马守生气也好，怎么也好，都无所谓的。”相当复杂的说明。

“但是中畑先生知道的对吧。”

“所以这里就很微妙了。七点出发，四个字就足够了。”大久保的计谋太过细致，很难理解。但总而言之，我一切都交给北先生了，不应该推三阻四地不服从。

我们上了火车，二等座非常拥挤。我和北先生的座位隔着通道，一边一个，好不容易坐下了。北先生轻轻地戴上老花镜开始读报纸，十分平心静气。我开始看乔治·西默农[①]的侦探小说。如果是长途火车的旅行，我一定会看侦探小说。在火车里，我不会想读《未来形而上学导论》[②]。

北先生把报纸递到我这边来。我拿过报纸，看到那段时间关于我的《新哈姆莱特》这一长篇小说的书评，被省略了三段刊出，占了很大版面，是某位前辈充满好意的感想文，也是过分的褒奖了。我和北先生默默地互相看了一眼，然后很高兴地一起笑起来了。我感觉到这会成为一次很美好的旅行。

---

① 乔治·西默农：世界闻名的法语侦探小说家（1903—1989），作品超过450部，全球销售超过五亿册，是全世界最多产与最畅销的作家。

② 《未来形而上学导论》：著名德国哲学家、作家伊曼努尔·康德的著作。

到青森站的时候是第二天早上八点左右。虽然是八月中旬，但是很冷，正在下如雾一样的细雨。我们在奥羽线换乘，然后去买便当。

“多少钱？”

“——钱！”

“欸？”

“——钱！”

我听懂了“钱”，但是不知道具体说的是多少钱。重新问了三次，终于知道对方说的是六十钱了。我呆住了。

“北先生，你听懂刚刚卖便当的人说的话了吗？”

北先生认真地摇了摇头。

“对吧，听不懂吧，我都没听懂。不是，我不应该装模作样地把自己当东京人说这些的。我也是生在津轻长在津轻的乡下人啊。我经常连说津轻方言，在东京净被大家嘲笑了，但是离开故乡十年，突然接触到纯粹的津轻话，却听不懂了，是完全没听懂。人真的是靠不住啊。分开十年，甚至连对方的语言都听不懂了。”自己完全背叛了故乡，这明明白白的证据现在被展示出来了，这让我感到紧张。

我认真听车里的乘客们的对话，听不懂这些异常强烈的口音。我一心一意地努力听着，稍微听得懂一点儿了。我懂了一些之后，剩下的就像干冰穿过液体，突然雾蒙蒙地蒸发了一样，以非常快的速度理解了起来，毕竟我本来就是津轻人。在川部站换乘到五能线，十点左右到达五所川原站的时候，毫无悬念，我不懂的津轻话一句都没有了，全部都能清晰地听懂了。但是对于自己能不能说出纯粹的津轻话，我却是没有自信的。

中烟先生没有来五所川原站接我们。

“应该是必须来的。”大久保彦左卫门只在这个时候，禁不住脸色暗了下来。

我们出了检票口，环顾这个小车站的站内，也没有看到中烟先生的身影。车站前的广场，说是广场，就只有小石块儿和马粪，还有两辆简陋的马车。在这如此凄凉的广场，我和大久保把包放下来，垂头丧气地站着。

“来了！来了！”大久保尖叫道。

一个个子很大的男人，一边笑着一边从镇上过来了，是中烟先生。他看到我，完全不惊讶，还说着欢迎什么的，真的是很有气度。

“这是我的责任。”北先生的口吻可以说是有几分得意，“接下来万事都要拜托你了。”

“我知道，我知道。”穿着和服的中烟先生，就像西乡隆盛[①]一样。

---

① 西乡隆盛：日本江户时代末期（幕末）的萨摩藩武士、军人、政治家（1828—1877），他和木户孝允（桂小五郎）、大久保利通并称“维新三杰”。

中畑先生带我们去了他家。得了消息，姨母步履蹒跚地来了。十年了，姨母变成了一个小小的老太太。她坐在我的面前，看着我的脸，任眼泪直流。这位姨母从我小时候开始就顽强地支持着我。

我在中畑先生家换了捻线丝绸的和服，穿了外褂。老家所在的地方是离这个五所川原镇还要再远三里的金木镇。从五所川原站再乘汽车，一直沿着津轻平原的中央直线北上，大概三十分钟就能到我的老家了。中午时分，中畑先生、北先生和我，坐上了汽车向金木镇出发。

满目稻田是淡淡的绿色。津轻平原，竟然是这样一个地方，我感到一阵意外。上一年秋天，我去了新潟，顺便也去了趟佐渡。日本本州面向日本海的区域，草木的绿色都很淡，土壤也泛白，干巴巴的，甚至连阳光都好像很微弱，让人有一种无法忍受的不安，但是现在眼前的平原也和此前看到的完全一样。我就在这里出生，并没有意识到这样淡薄风景的悲哀，而是无忧无虑地游玩成长，一想到这里就有种奇妙的感觉。到达青森的时候下了小雨，不过没一会儿就放晴了，已经有微弱的阳光照耀下来，但还是冷飕飕的。

“这边都是你大哥的田地吧。”北先生像逗我玩儿一样，一边笑着一边问。

中畑先生马上就接话说：“是的，”他笑着，“目之所及，全部都是，”有一点吹牛的感觉，“但是，今年收成不好。”

在前方很远的地方，能看到我老家的红色大屋顶，在淡绿色稻田的海洋里轻轻浮动着。我一个人害羞了。

“意外地很小呢。”我小声说道。

“没有啊，为什么这么说？”北先生用一种责备我的语气说，“这是城堡。”

汽车慢吞吞地前进，到了金木站。我定睛一看，二哥英治笑着站在检票口。

我时隔十年，站上了故乡的土地。寂寞冷清的土地像冻土的感觉，似乎每年都要冻到地下多少尺，所以土地鼓起来，泛白了。房子也好，木头也好，土地也好，都像洗褪了色。道路是白色的，也很干燥，踏步走脚底没有一点儿反应，非常无依无靠的感觉。

“墓地。”谁低声说了一句，只这一句大家就都明白了。四个人沉默着，径直去了寺庙，然后祭拜了父亲的墓地。墓地旁的大栗子树，还是和以前一样。

进入老家玄关的时候，我内心确实是很激动的。房子里鸦雀无声，就像寺庙的庶务处[①]一样。房间意外地被擦得很干净，按理说应该更陈旧，但却给我一种小而整洁的感觉。这感觉

① 寺庙的庶务处：寺院内收施舍物品等的地方。

不坏。

我被带到了佛堂。中烟先生把佛龛的门全部推开。我面向佛龛坐下来，行礼，然后跟嫂子打了招呼。有一位很高雅的姑娘端着茶过来了，我以为是大哥的长女就笑着行了礼，结果是女佣。

背后听到嗞嗞的脚步声，我很紧张。是母亲，母亲在离我很远的地方坐下了。我沉默着行了礼，抬起头就看到母亲在擦眼泪。母亲变成了一个小老太太。

（此时）背后又听到了嗞嗞的脚步声，一瞬间奇怪地（虽然没必要）感到可怕。在那人出现之前，总觉得很恐怖。

“修治，来了好啊。”是八十五岁的祖母，她大声说着，比母亲精神要好得多，“我一直很想见你啊。虽然我什么都没说，但是还是想见你一次。”

祖母是很开朗的人，听说到现在每天都不落下一顿晚酌。

饭上来了。

“喝吧。”英治给我倒了酒。

“嗯。”我喝了。

英治从学校毕业之后一直待在金木镇帮大哥的忙，然后几年前另立门户。他是兄弟中体格最结实的，秉性也应该比较豪放，但是十年未见，发现他实际上很温柔、纤弱。比起在东京这十年，和各种各样的人争吵，过着胡闹、脏乱生活过来的我来说，完全像是另一个种类的人一般高雅。他面容的线条纤细、漂亮。我清楚地认识到，在众多的亲人当中，只有我一个人变成了一个秉性寒酸贫穷的下等丑陋人，想到这里我暗自苦笑了。

“厕所在……”我问道。

英治神色很怪异。

“什么嘛，”北先生笑了，“还有人在自己家问这个的啊？”

我站起来，去了走廊。我知道在走廊的尽头，有客用的厕所，但是在大哥不在的时候，我随意地装作自己很了解的样子，恬不知耻地到处走动的话不太好，所以才稍微问了一下英治，英治可能会觉得我是个装模作样的家伙吧。我洗完手之后，稍微停留了一会儿，从窗户往外看庭院，一草一木都没有变。我想再好好地看一下家里的里里外外，因为想留心看一眼的地方太多太多了。但那似乎确实是太厚脸皮了，所以我就从那扇小窗户里贪婪地往外看，以此来忍耐自己的念头。

“池塘里的睡莲，今年差不多开了三十二朵哦。”祖母的大嗓门，我在厕所都能听到，“不是扯谎也不是什么，就是开了三十二朵。”从刚刚开始祖母就一直在说睡莲的事情。

我们在下午四点左右，离开了金木的老家，坐上汽车去五所川原了。因为我和北先生事先就商量好了，趁着还没发生什么不愉快的事情之前尽早离开。在没什么失败的时候，在所谓一片祥和的气氛里，我们坐上了租的车。北先生，中畑先生，我还有母亲一起出发。由于嫂子和英治的恳切建议，母亲也和我们一起去五所川原了，目的地是姨母的家。我在那里也住上一晚。我们原本从东京出发时就计划的是，北先生也在那里住一晚，然后从第二天开始，我们两个人就到浅虫温泉、十和田湖等地方逛上一圈。但是今天早上东京北先生的家里给金木的家里寄来了一封很不巧的电报，因此不管怎么样，今天晚上北先生都必须要搭乘青森出发的急行列车返回东京了。电报上说，北先生隔壁的太太去世了。北先生就说，这可不行，隔壁家非常可怜，自己不在的话连葬礼都没法办，不马上回去的话是不行的。他这么一说，我们再说什么他都听不进去了，对于这位顽固的大久保，我们也不会勉强留下。在姨母家，大家一起吃完晚饭后，就去五所川原站送北先生。北先生现在又要开始坐火车，该多么累啊，一想到这我就难受得不得了。

那天夜里在姨母家，母亲、姨母和我三个人，自家人一起说了话。我一边笑着一边说，妻子在三鹰家的小院子里头耕地，种了很多蔬菜。这一点让二位非常中意，好啊，对头，很好，两个人频频对着点头。我的津轻方言也开始稍微变得自然了，但是说起复杂的事情，也还是用东京话。母亲和姨母都不是很清楚我在做什么工作。我给她们解释了稿费和版税，她们似乎还是有一半没明白，结果还问我这样的问题，做书来卖的工作那不就是书店吗，不是吗？我放弃了，就回答，嗯，差不多就是这样的。母亲问我有多少收入，我愉快地回答说，到账的时候会有五百元、一千元之类的。母亲很是安心，又问，那几个人分呢？我丧气了，好像母亲还是一心觉得我是在经营书店呢。不管是稿费还是版税，都不能觉得是自己一个人获得的，一定要觉得是大家合作获得的，大家一起分享才是正确的态度。

母亲和姨母一点儿都不认可我的实力，我有点儿焦躁了，从钱袋里拿出两张十元的纸币，并排放在两人前面的桌子上。

“请收下吧，去拜寺庙的时候作香火钱什么的用吧。我有很多钱，是我自己赚的钱，请收下吧。”虽然很不好意思，但管不了三七二十一，我就这样说道。

母亲和姨母互相看着对方，哧哧地笑了。我努力坚持到了最后，两人终于把钱收下了。母亲把纸币放到了她的大钱包里，然后从钱包里拿出熨斗袋[①]给了我。之后我查看了袋子里的钱，金额和我创作一百篇作品的稿费价格一样。

第二天我和大家道别，去了青森，顺道去了一趟亲戚家住了一夜，然后哪里都没去，逃也似的返回了东京。时隔十年再回去，我也只看了一眼故乡的风景。还有没有能再悠闲地看看的机会呢？母亲如果有个什么万一的时候，我又能看到家乡吧，但是那又是一件让人难受的事情了。

---

① 熨斗袋：印有礼签、礼绳的信封，主要是婚丧等时赠予对方的装现金的袋子。

那次旅行之后的两个月左右，我偶然和北先生在街头遇到了。北先生的脸色很苍白，没有精神。

“怎么了吗？是瘦了吗？”

“是的，正在闹盲肠炎呢。”

北先生说是那天搭乘青森出发的急行列车回去的夜里，到了东京马上就开始腹痛。

“盲肠炎使不得啊。果然那天还是太勉强你了。”我之前也得过盲肠炎。我也是从那次的经验才知道，过劳会导致盲肠炎。

“总之那个时候的北先生，就是强行军啊。”

北先生有些落寞地笑了。我很难受，都是我的错，都是我的恶行，确实才让北先生的寿命短了十年的。然而我这人还是完全没变，一副无所谓的样子。

故乡

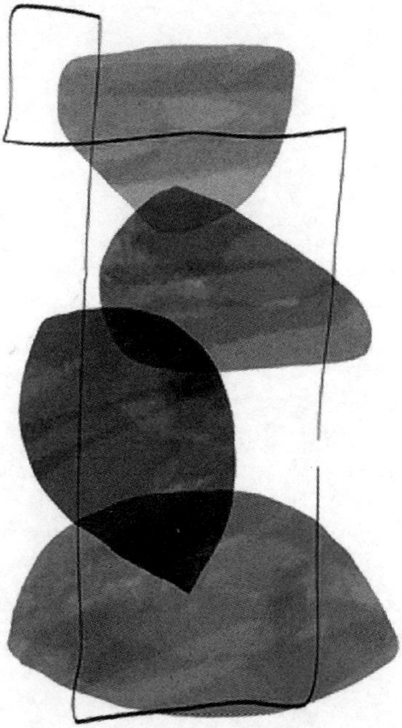

去年夏天，我时隔十年重新得见故乡。我在今年秋天把那个时候的事情整理成了四十一篇短篇，取了“归去来”的名字，寄给了某个做季刊册子的编辑部。（接下来我要说的）是那之后不久发生的事。我总是提到的北先生和中畑先生，一起到访了我在三鹰的陋室。他们告诉了我母亲病危的消息。过去的五六年间，我内心已经预料到一定会听到这样的消息，只是没想到会来得这么早。去年夏天，北先生带着我又重新拜访了几乎时隔十年未去的故乡老家，那个时候大哥不在，我见到了二哥英治和嫂子、侄子侄女，还有祖母、母亲。当时六十九岁的母亲，衰老得厉害，步子一迈都危险，但（那时她）绝对不是病人。还有五六年是保险的，不，是十年之类的吧，我做着贪得无厌的梦。那个时候，我想尽可能正确地写下名为“归去来”的小说。总之，那个时候因为各种各样的原因，我停留在老家的时间，只有差不多三四个小时。在小说的末尾我写下，想再看看故乡。那也好，这也罢，想看的东西有很多、很多。但我只是晃眼偷看了一下故乡，再次见到故乡的山河会是什么时候呢？母亲有个什么万一的时候，或许能再一次见到故乡，下次也许就能好好看看了，但这又会令人难受了。我应该在文章里写了诸如此类意思的内容，我没有预料到在发送完原稿之后，“再见一次故乡的机会”立刻就来到了。

“这次我也会负起责任。”北先生有些紧张，“带上妻子和孩子来吧。”

去年夏天，北先生是带了我一个人的。这次不仅仅是我，还要带上我的妻子和园子（一岁四个月的女儿）。我在《归去来》这部小说里，详细地写下了北先生和中畑先生的事情。北先生在东京开西服店，中畑先生在故乡开绸缎庄，都是从很久以前开始和老家有亲密交往的人。我五六次，不，是数不清多少次因为做错事，被老家断绝了来往，但是这两个人一直以来带着纯粹的好意关照我，一次都没有展露厌烦的神色。去年夏天，也是北先生和中畑先生在商量之后，两个人都做好了被大哥骂的心理准备，策划了我时隔十年的归乡计划。

“但是真的没关系吗？带着妻子孩子一大家子去了，吃了闭门羹那就不忍直视了。”我总是预想出最坏的事态。

“没这回事。”两个人都认真地否定了。

“去年夏天，后来怎么样了呢？”在我的性格当中，可能有着敲着石桥过河般谨小慎微的部分在，“那之后，二位有没有被文治哥说些什么？北先生，你觉得呢？”

“站在大哥的立场上，”北先生深思熟虑道，“当着亲戚们的面，不能说你们来得好。但我觉得如果我带着你们过去的话，是没问题的。关于去年夏天的事，那之后和你大哥在东京见了面，大哥只对我说了一句话，北君你很坏啊。他并没有生气。”

“好吧。中畑先生你怎么样，有没有被大哥说些什么。”

“没有。”中畑先生抬起脸，“对我一句话都没说。到目前为止，要是我关照了你什么，大哥一定会挖苦我两句。但只有去年的事情，大哥没说什么。”

“好的。”我稍微心安一点了，“如果不会给二位添麻烦的话，我是希望二位能带我去的。我不可能不想见到母亲，而且去年夏天也没能见到文治大哥，这次也想见见。如果能带我去的话，我将不胜感激，只是妻子那边该怎么办呢？这次是第一次见到丈夫的亲人，有女人家要穿和服之类的麻烦事，可能她会觉得费劲。还请北先生说服我的妻子。如果我来开口的话，她肯定会唠叨个不停的。”我把妻子叫到我的房间。

但是结果令人意外。北先生告诉妻子我的母亲病危，想看一眼园子，在说这些的时候，妻子就已经双手轻轻地贴合在榻榻米上，说：“有劳您费心了。”

北先生转身面向我问：“什么时候去？”

我们决定二十七日回去。决定的那一天，是十月二十日。

那之后的一周，妻子手忙脚乱地筹备着。她的妹妹也从乡里过来帮忙。再怎么样，也有各种各样要重新置办的东西搞得我几乎破产。只有园子什么都不知道，在家里摇摇晃晃地到处走。

二十七日十九时，我们登上了上野出发的急行列车。因为满员，所以我们一直站着直到原町，站了五个小时左右。

> 母亲病情越发恶化。
>
> 望太宰尽快回家，静候。
>
> 中畑

北先生给我看了这封电报，是先我们一脚回了的中畑先生今早给北先生发来的。

第二天早上我们到达了青森，立马换乘了奥羽线，在川部站又换乘前往五所川原的汽车，从那时开始，列车两侧就是苹果园了，今年似乎苹果大丰收。“哇，漂亮。”妻子睁大了因睡眠不足而有点儿充血的眼睛张望着，“此前想看一次挂苹果的地方来着。”

仿佛伸出手就能摘到，苹果离得那么近，红红地闪着光。

十一点左右，我们到达了五所川原站。中畑先生的女儿来接我们了。中畑先生的家就在这个五所川原町。我们被招呼在中畑先生家休息，计划在妻子和园子换衣服之后，就前往金木镇的老家拜访。金木镇坐落于五所川原沿着津轻铁路北上三十分钟的地方。

中畑先生家招待我们吃了午饭，告知了我们母亲详细的病情，她几乎已是病危状态。

“来了太好了。”中畑先生反而向我们道谢，“一直念叨着什么时候来、什么时候来，很担心。不管怎样，这样我也安心了。虽然你母亲没有讲，但是一直是等着你们的样子。”

我一瞬间想到了《圣经》里的浪子归家的故事。

吃完午饭出发时，“不带行李箱去比较好。对吧，是这样吧。”北先生语气有些强烈地对我说道，“大哥还没有说原谅，就提着行李箱——”

“我知道了。”

所有的行李都先寄存在中畑先生家。北先生也警告我说，连是否能让我们见到病人这件事，都还不确定。

只提了装着园子的尿不湿的袋子，我们就坐上了去往金木的火车。中畑先生和我们一起。

随着时间一刻一刻过去，我的心情越发阴郁。大家都是好人，没有人是坏人。只因为我一个人在过去做了些不像样子的事情，现在也仍是不十分聪明，有许多恶评，是贫穷的文人，所以一切都变得这般尴尬。

“是个景色很美的地方呢。”妻子眺望着窗外的津轻平原说着，“出乎意料，是片颜色鲜艳的土地啊。”

“是吗？”我看向窗外，稻子都已经被全部收割，满目的稻田已经染上了渐浓的冬日色彩，“我没看出来。”

对那个时候的我来说，没有想要夸耀故乡的心情，只是非常痛苦。去年夏天不是这样的感觉，那个时候是心情澎湃地眺望着十年未见的故乡风景。

“那个是岩木山，因为和富士山很像，所以也叫津轻富士。”我一边苦笑着一边说明，没有任何热情，“这边低垂的山脉，是梵珠山脉。那是马秃山。”实在是很敷衍了事的说明。

这是我出生的地方，再走个四五条巷子，等等（我说着这些）。稍微有些得意地说给人听的梅川忠兵卫[①]，他口中的新口村（以及整个故事），是个非常悲惨的戏剧，但我不是那样。忠兵卫是怒气冲冲的。（此刻）稻田的对侧，闪过红色的屋顶。

“那是，”我正想说是我家，但是又拘泥地说道，“这是我大哥的家。”

但是那是寺庙的屋顶，我老家的屋顶在寺庙的右边。

---

① 梅川忠兵卫：是歌舞伎《恋飞脚大和往来》（又名《梅川忠兵卫》）的两名主人公的名字，忠兵卫是送信店龟屋的养子，和艺伎梅川情投意合，忠兵卫擅自使用了店里的钱财为梅川赎身，后两人私奔，但最终双双被逮捕。新口村则是忠兵卫的故乡。

“不，错了，是右边那个稍微大一点的。”乱七八糟了。

到了金木站。小侄女和一位年轻漂亮的姑娘一起来迎接我们了。

“那个姑娘是谁呀？”妻子小声问我。

“女佣吧。不用打招呼。”去年夏天，我把一位和这个姑娘同龄的、打扮文雅的女佣当作大哥的长女，行了个几乎叩拜的礼，有点难堪了。这次我格外注意，于是就这样说了。

小侄女是大哥的次女，我去年见过她所以知道。她八岁了。“小茂。”我叫道。小茂毫不拘谨地笑了。我多少有些安慰，这个孩子不知道我的过去。

进家门了。中畑先生和北先生马上去了二楼大哥的房间。我和妻子一起去了佛堂拜了佛，然后进入了只有内亲会聚集的叫作“常居”的房间，坐在一角。大嫂和二嫂都笑着欢迎我们，祖母也被女仆牵着手过来了。祖母八十六岁了，耳朵变得不太好，但还很精神。妻子费尽脑筋想让园子给大家行礼，园子完全不按她想的来，只是在房间摇摇晃晃地走来走去，让大家都忍不住担心。

大哥出来了。他迅速地穿过房间，到下一个外间去了。他脸色很差，瘦得让人大吃一惊，容貌变得严厉。外间也来了一位来看望母亲的客人。大哥和那位客人稍微说了会儿话，在那位客人回去之后，来到“常居”，在我开口之前，“啊。”他点点头，把手放在榻榻米上，轻轻地行了礼。

“给您添麻烦了，”我身体僵硬地行了礼，“这是文治哥。”我告诉妻子。

大哥在妻子行礼之前，先向妻子鞠了个躬。我捏了一把汗。打完招呼后，大哥很快就去了二楼。

欸？我觉得奇怪。发生了什么呢？我无法理解了。大哥从以前开始只有心情很差的时候，才会如此奇怪地、冷漠而礼貌地行礼。北先生和中畑先生，自那之后就没从二楼下来。北先生是搞砸了什么吗？这么一想，我心头突然涌上了不安和恐惧的情绪，心跳得很快。嫂子微笑着出来对我们这样说：“母亲从两三天前开始就在等着你们了，真的在等你们啊。”

母亲躺在别栋的十榻榻米大的房间。她在巨大的床上，如秋草般形容枯槁地躺着，但是她意识却很清晰。

“来了好。”母亲说。初次见面的妻子（向母亲）行了礼，然后抬起脸，向着母亲点点头。我抱着园子，把园子的小手贴到母亲瘦弱的手的手心上，母亲手指颤抖着握住了。五所川原的姨母在床头坐着，一边微笑一边擦拭着眼泪。

病房里除了姨母，还有两名女护士，还有我上面的姐姐、二嫂、亲戚家的老太太等很多人。我们去了隔壁六榻榻米大的候客室，和大家打招呼。“修治（我的本名）一点儿都没变，稍微胖了点反而年轻了”，大家都这么说道。园子不认生到让人担心的程度，见谁都笑。大家在候客室里，聚在火盆旁，开始悄悄小声说话，我的紧张也一点点消散了。

“这次不赶时间了吧。”

“唉，也不确定呢。还是会跟去年夏天一样，待上两三个小时休息一下吧。北先生说那样比较好。我想着什么都听北先生的。”

“但是母亲病情这么坏，你能就那样扔下她回去吗？”

“横竖还是要和北先生商量一下——”

“不必什么事情都要在意北先生的看法的。”

“那不行的。北先生一直特别关照我。”

“那也是。但是，就算是北先生，万一——”

“不是的，我说了和北先生试着商量一下。听北先生的指示准没错的。北先生好像还和大哥在二楼说着话。是不是发生了什么麻烦的事了？我们一家人，也没得到许可，就恬不知耻地进到家里来——”

“不需要这么担心吧。英治（二哥的名字）不是好像也给你们发了快信让你们快来吗？”

“什么时候？我们没看到。”

“哎呀，我们都以为你们是看到了那封快信才来的。”

“这可太糟糕了，错过了呢，这太不妙了。北先生的做法变成奇怪的多管闲事了。”我不由得全都懂了，运气太差了。

“没什么糟糕的吧。早一天也好，尽早来才好。”

但是我很沮丧，对丢下生意、特意带我到家里来的北先生很过意不去。我也能理解哥哥们的遗憾，好不容易在合适的时期好好通知了我（却被错过了），实在不凑巧。

刚才来车站接我的年轻姑娘进了房间，笑着对我鞠躬。又搞砸了，这次是由于过于谨慎而失败了。完全不是什么女佣，她是最年长的姐姐的孩子。这孩子直到七八岁我都还是见过的，那个时候还是皮肤黝黑的小矮个。现在再看，她身材苗条、温文尔雅，完全不像是一个人。

“这是小光哦，”姨母笑着说，“现在是个美人了对吧。”

“是的，变得好漂亮了，”我认真地回答道，“皮肤也变白了。”

大家都笑了，我的心情也多少得到了缓和。那个时候，我突然看了一眼在隔壁房间的母亲，母亲无力地张着嘴，耸动肩膀很剧烈地呼吸着，瘦削的一只手像在赶苍蝇一样，轻轻地在空中扑着。奇怪吧？我想着。我站起身来，走到母亲床边去。其他人也一脸担心，轻轻地聚集到母亲床头来。

“有时候好像会很难受。”护士小声说明，把手伸进被子里给母亲用力按摩。我在枕头旁蹲下来问母亲哪里痛，母亲微微地摇了摇头。

“加油。不看到园子长大是不行的。”我忍受着难为情说道。

突然，亲戚家的老奶奶抓起我的手和母亲的手握到一起。我不只用一只手，而是用两只手包住了母亲冰冷的手。亲戚家的老奶奶把脸埋到母亲的被子上哭了。姨母和 kata（二嫂的名字）也开始哭了。我撇撇嘴，忍住了。忍了一会儿之后，我还是忍不住，轻轻地从母亲身旁离开，去了走廊，穿过走廊进了西式房间。房间很冷，很空旷，白色的墙壁上挂有画着罂粟花和裸女的油画。在壁炉台上，有一个拙劣的木雕孤单地竖在那里。沙发上铺有豹纹毛皮。椅子也好，桌子也好，地毯也好，都和过去一样。我在房间里来来回回踱步，对自己不停地说，现在哭了可太假了，现在哭了可太假了，努力试着不要哭。悄悄地跑到西式房间来，一个人哭了的话，那真是值得佩服、体贴母亲、内心温柔的儿子形象。太装腔作势了，满满的矫揉造作不是吗？有这样庸俗的电影来着。三十四岁了，什么嘛，内心温柔的修治这一套吗？不要再上演这种娇滴滴的戏剧了。都到现如今了，才不是什么孝子呢。约束自己任性的心情吧，停下，哭了就是假的，眼泪就是谎言，我心里一边这样对自己说着，一边揣着手在房间里走来走去，现在眼看就要开始呜咽了。我实在吃不消了，吸吸烟，抽抽鼻子，做了各种各样的努力，最终没有让一滴眼泪滴下来。

夜幕降临，我没有回母亲的房间，而是在西式房间的沙发上默不作声地躺着。这个房间现在似乎没有人使用，扭了开关，灯也不亮。我就一个人待在这寒冷的黑暗中。北先生和中畑先生都没有来我们这边，是在做什么呢？妻子和园子似乎待在母亲的病房。今晚我们会怎样呢？最开始的计划是按照北先生的意见，看望母亲之后马上就返回金木，晚上就住在五所川原的姨母家里，但是母亲的情况这么差，按照计划立马返回的话，反而不合适不是吗？总之我想先见见北先生。他到底在哪里呢？和大哥的对话，是不是变得越发麻烦，正纠缠不清呢？我觉得自己似乎连应该待着的地方都没了。

妻子（这个时候）走进了这个昏暗的房间。

“唉！要感冒的呀。”

“园子呢？”

“睡了。”说是在病房旁的那个候客室被哄睡了。

“没关系吗？有没有保暖？”

“嗯。姨母拿了毯子来，借给我了。”

“怎么样？大家都挺好的吧。”

“是的。”但是她还是一副不安的样子，“我们之后怎么安排？”

“不清楚。”

“今晚到哪里过夜？”

“这问我也没用。一切都要听北先生的指示。十年来都是这样的，习惯了。如果无视北先生直接和大哥讲的话，要起纷争的。现在已经变成这样的形式了，你不知道吧。我现在什么权利都没有了，连带一个行李箱来的事情都做不到。”

“你怎么好像有点儿恨北先生？”

“傻瓜。北先生的好，我是铭刻于心的。只是北先生在中间，我和大哥的关系就变得有些微妙地复杂起来。到哪里都不能不给北先生面子，但坏的人是一个都没有的——”

“真的呢，”妻子也有些理解我的意思了，“北先生好不容易说带我们来，我觉得拒绝他也过意不去，我和园子都一同来了，可因此给北先生添了麻烦的话，我也想不通了。”

“也是，真不能糊里糊涂关照人，我这种棘手的人才是不对的。这次完全是北先生太可怜了，特意到这么远的地方来。我们也好，大哥也好，如果都不念着他的好的话，那真的是糟糕透顶。只有我们也好，现在应该要做点什么，努力保全北先生的面子才是，但是不巧我没有这样的力量。如果不小心多嘴多舌了，就乱套了。唉，先这样磨蹭一下吧。你去病房，给母亲按摩下腿吧。现在只考虑母亲的病就可以了。”

但妻子没有立刻走开，在黑暗当中低头站着。在这么黑暗的地方两个人一起站着，要是被人看到了，可就很尴尬了，于是我从沙发上站起身来，去了走廊。外面寒气逼人，这里是本州[①]

① 本州：本州岛，是日本最大的一个岛屿，位于日本列岛的中部，是世界第七大岛。

的北端。越过走廊的玻璃窗，我向外望向天空，没有一颗星星，只有过分的黑暗。我情不自禁地想工作了，不知是何缘故。好吧，那就开始吧。一味地是这种心情了。

嫂子来找我们了。

“哎呀，你们在这里！”她发出了明朗的惊叹声，“吃饭了。美知子也一起来。”嫂子对我们完全没有任何戒心，这让我感觉非常可靠。我想如果和这个人商量任何事情，应该都不会错吧。

我们被带到了正房的佛堂。背靠壁龛，设置了七个人的席位，分别是五所川原的先生（姨母的养子）、北先生、中畑先生、大哥、二哥、我和美知子。

“我错过了那封快信。”我看着二哥的脸就脱口而出这句话。二哥微微点了点头。

北先生很没有精神，愁眉苦脸的。每次在酒席上，他都是那个很热闹的人，所以那天晚上他忧闷的面孔就特别显眼。一定是发生了什么，我肯定。

即便如此，因为五所川原的先生喝醉了点闹腾了一下，所以房间还比较热闹。我伸长了胳膊给大哥和二哥都斟了酒，决定不去想有没有被两位哥哥原谅的事情。我一生都不可能被原谅，而且想要被原谅这种自私任性的想法也要抛弃。问题还是在于，我是否爱我的兄长们。爱人者有福，我只需爱着兄长就可以了，把不干脆的贪心都扔掉。我自斟自酌地豪饮着，持续着这种漫无边际的自问自答。

北先生那天夜里去了五所川原的姨母家过夜。不知道是不是因为金木的家里有病人，比较杂乱，所以他才推辞的，(总之)他就先到五所川原那边去了。我把北先生送到停车场。

“谢谢。都是托您的福。”我从心底里对北先生说出这两句话。现在和北先生分开让我很不安，接下来也没有人会给我指示了。“我们今晚接下来就住在金木没关系吗？”我想问点什么。“不要紧的。”不知道是不是我的错觉，他的语气有点冷漠，“不管怎样，母亲病情都那么严重了。”

“那我们在金木家还过个两三天——那会是厚脸皮吗？”

“要看你母亲的情况了。总之明天电话里再商量吧。”

“北先生你呢？”

“我明天回东京。”

“太辛苦了。去年夏天你也是立刻就回去了。今年我们准备陪您去青森附近的温泉来着。”

“不用了，母亲的情况那么坏，还去什么温泉。实际上，我没想到情况会变得这么糟糕，很让人意外。让你破费的火车票钱，之后算好了我还给你。”北先生突然提到了火车票钱的事情，我不知如何是好。

“这不是开玩笑吗。我自己也要买回去的票来着，不用你操心这个了。”

“不，还是算清楚吧。你们放在中畑先生那里的行李，明天我也赶紧拜托中畑先生送到金木的家里吧。那接下来就没有我的事了。”在黑暗的道路上，他就那样一步步走远，“停车场是这边对吧。不用送我了。真的不用了。”

“北先生！”我紧跟着追上他，快走了两三步，“大哥跟你说什么了吗？”

“没有。”北先生放缓了脚步，语气心平气和，“不用再那么担心了，我今天晚上心情很好。我看着文治、英治和你，三个优秀的孩子并排坐着，高兴得眼泪都要流出来。我已经不需要任何别的了，满足了。我从最开始就不需要一分的报酬，这你也是知道的。我只是想让你们兄弟三人并排坐下来，看看这样的情景，心情就很好了，满足了。修治，以后可要好好过日子。我们老人家，差不多也要到隐退的时候了。”

我送走了北先生，返回了家里。接下来就不依靠北先生，必须要直接和哥哥们对话了。这么一想，比起喜悦，我感到更多的是恐惧。肯定又会因为愚蠢而没规矩的行为，让哥哥们生气的吧，我心里满满都是这种卑屈的不安感。

家里挤满了来探病的人。我为了不被他们看见，从厨房悄悄地进了门，去往别栋的病房，稍微瞥了一眼“常居”旁边的房间小间，看到二哥一个人坐在那里，就像被可怕的东西硬拉着一样，我就顺理成章地去了他身旁坐下，内心非常战战兢兢地说道："母亲是怎么样都不行了吗？"实在唐突的问题，自己也觉得不妙。英治哥脸上浮现出苦笑，稍微环顾了一下四周回应道："唉，这次的情况，不得不愁啊。"这时大哥突然进来房间了。他有一些慌张的样子，四处走动着，开了抽屉又关上，然后扑通一声坐在二哥身旁盘起了腿。

"难啊，这次是真的难办了。"大哥这么说了之后低下了头，把眼镜推到额头上，用一只手按住双眼。

等到我注意到的时候，不知何时最上面的大姐，也悄悄地坐到了我的身后。

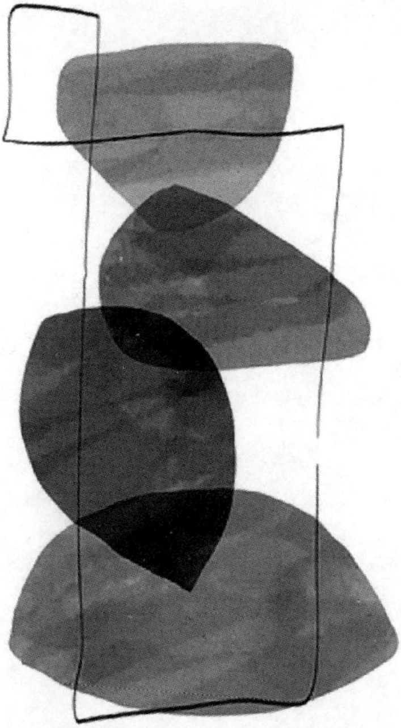

禁酒之心

我想戒酒了。这段日子的酒，似乎让人变得卑屈。以前听说这东西可以养所谓浩然之气，现在只不过光使人的心理变得肤浅罢了。近来我极端憎恶酒。身为凡是值得做的事情，就要把它做好的人，应该借今日之际，断然将这酒杯粉碎。

平日喜好酒的人，不管他正变得如何吝啬、卑微，他都会在定量一升的酒瓶上，刻上十五等分的标记，每天精确地喝上一等分，偶尔超过那个度喝到第二等分时，则会补上一等分的水，把瓶横放着晃动，试图让水和酒产生化合发酵，简直让人忍俊不禁。还有，在定量供应的三合[①]的烧酒里，添满一壶的粗茶，然后把那褐色的液体倒入小杯子里，他一边喝着，一边嘴硬地说着诸如这样虚荣的话“茶叶立在了威士忌里啊，真有意思啊”，豪放地笑给一旁的妻子看，而妻子并没有一丝笑容，这

① 合：日本度量衡制尺贯法中的体积单位，一升的十分之一，或坪的十分之一，或步的十分之一。

个情形又变得有些悲惨。再还有，以前晚上正在喝酒兴头上的时候，有朋友突然从远方来访，“啊，这真是来得好啊，我正好想要有人陪喝酒想得不得了。虽然也没什么好招待的，但来一杯怎么样？”也有像这样突然出现活力的时候，但现在人则是郁闷至极。

“喂，现在我差不多要开始喝今天的一等分了，关上门，锁上锁，防雨门板也要关上。有人看到了眼红就不合适了。”明明也不会有羡慕晚酌一等分酒的人，但是因为人的心理逐渐变得吝啬、卑微，所以风声鹤唳也惊心，外部足音也胆战，感觉就像自己犯了什么大罪一般，怀揣着非常复杂的心境，怀着仿佛这世界上的人们都在怨恨自己般的、无法言说的恐怖、不安、绝望、愤懑、抱怨，还有祈祷，弓着背把房间的灯调暗，一点点舔舐般地喝酒。

“有人在吗？”玄关传来声音。

“来了！”他立马警惕起来，可不能让人把自己的酒喝了。快把这瓶酒藏在柜子里，还留着两天的分量，明天和后天的量，这个酒壶里还有三小杯的量，这可以睡前喝，酒壶就这样放着吧，可不能碰，盖上包袱皮，好了，应该没什么遗漏了吧？他用眼睛扫射了一下整个房间，然后突然发出一声谄媚的“哪位”。

啊，简直一边写一边想吐。人要是变成这样就已经废了吧。浩然之气也好，什么也好，都荡然无存。人还是必须要说着“月之夜，雪之朝，花之下，与人悠然闲谈，举杯小饮，可以助清兴，发雅致”[①]，多少学习古人的典雅心境，努力反省自身。不过，许多人在境界达到之前还是想喝酒啊。沐浴着火红的夕阳，流汗如瀑，长着胡子的堂堂男子汉在啤酒屋前彬彬有礼地排队，然后时不时地伸长脖子，从啤酒屋的圆窗子里面往里看，摇摇头，叹口气，看起来好像是很难排到自己。店内也如同下饺子一样拥挤不堪，客人之间肘碰肘互相牵制着，不相上下地大声叫嚷着“喂，快点上啤酒呀”，其中也夹杂着东北腔的“喂，拼酒呀”，吵吵闹闹。有人终于到手了一杯啤酒，几乎是忘我地喝起来，刚一喝完，下一位客人也没有一句“不好意思”，黑色瞳仁的异样眼光就将他从椅子上推开，自己直接挤了进来。他只能茫然地退场，然后重振精神，“好嘞，再来一遍”，然后又排到店外如长蛇般队列的末尾，再次等待。人就这样再重复个三四回，直到身心都疲惫不堪，再无力地嘟囔着“啊，醉了”，踏上回家的路。我觉得日本国内绝不至于如此缺酒的，可能是这段时间喝酒的人变多了吧。因为有了供应酒不足的评论，就连目前为止从没喝过酒的人都想着：“好吧，就趁现在还能喝上酒的时候去尝一次吧，无论什么事情，如果不经历就是一种损失，去实践吧。”就是这种度量小的人的奇怪物欲，促使他们去

① “月之夜”句：此句出自清少纳言的《徒然草》。

喝定量供应的酒，想要突击一次啤酒屋，想要和人们挤作一团，不能输在任何事上，关东煮店他们也想尝试一次，一听人家说咖啡店，也琢磨着到底是什么东西，想着当下无论如何都要去体验一下。诸如此类无聊的上进心，应该让不少人不知不觉变得差不多能算是一个酒鬼。他们在没钱的时候，连一等分的酒都舍不得，甚至为立着茶叶棍的威士忌感到高兴，自己大概再也戒不掉酒吧？小人总是，不可救药。

偶尔去酒家一趟，讨厌的事儿实在很多。客人们肤浅的虚荣和卑微，店掌柜的傲慢和贪婪都令人厌恶。“啊，真的不能再喝了”，虽然每次去我都会重新生出戒酒的决心，不知道是不是因为时机未成熟，现在都迟迟未下定决心。

进入店里，店家笑着说“欢迎光临”已经是过去的事情了。现在是客人迎上笑脸，对店掌柜、女仆等打招呼说“你好”，满脸堆着卑微的笑容但却被忽视，这似乎已经成了惯例。周全起见，客人拿掉帽子再鞠一躬，叫着店掌柜“先生”，让人以为是推销人身保险的绅士。更有周到的家伙，在进到店里的时候就开始拨弄柜台上的盆栽，故意用能被店掌柜听见的声音说：“不行啊，还是得浇点儿水吧。”然后自己从洗手间用双手掬来一捧水，麻利地洒到花盆里，动作幅度倒是挺大，但是真正洒到盆里植物上的，只有那么两三滴。他还从口袋里拿出剪刀，蜻蜓点水般地修剪起枝丫来，让人以为是常来往的园丁，但其实并非如此，有可能还意外地是银行里位高权重的人也说不定，大概是为了讨店掌柜的开心，所以特意偷偷把剪刀放到口袋里，可是苦心用处全无，还是被店掌柜忽视了。不论是很老练的演技还是花哨的演技，不管是这种方法还是那种手段，都丝毫派不上用场，都一视同仁被冷淡忽视。但是客人丝毫不畏惧这种忽视，由于太想要再多喝那么一杯，他们也不是店里的人，竟然自顾自地在客人进来的时候一一大叫“欢迎光临”，在有人出去的时候则大嚷“谢谢惠顾”，明显就是一种错乱、发狂的状态，实在是令人伤感。只有店掌柜一个人很冷静地嘟囔着：“今天有盐烤鲷鱼哦！”

马上就有个青年敲着桌子说：“太难得了！是我爱吃的。那东西啊，真好。”心里却没什么好想法，肯定很贵吧，那东西。而且他到目前为止，根本就没吃过什么盐烤鲷鱼，但是现在却不得不装作很高兴的样子，真难受，混账东西！嘴上却说着，“一听到盐烤鲷鱼，就真的受不了啊。”这才真让人受不了。

其他的客人，怎么能忍得了在这里败下阵来，嚷着“我也是我也是”，点上一盘二日元的盐烤鲷鱼。这样的话，就能至少又喝上一瓶了。但是店掌柜是冷酷无情的，嘶哑的声音又说上一句：“也有炖猪肉哦。”

“什么？炖猪肉？”老绅士莞尔而笑，“我可一直在等着呢。”其实他内心闭口无言。老绅士牙口不好，完全嚼不动猪肉啊。

“这次又是炖猪肉了啊，真不错啊。老板，你太懂了。”他说着诸如此类的一眼看透的愚蠢恭维，其他的客人也不相上下地点了那一盘二日元的、有些可疑的炖猪肉。有一些人感觉到囊中羞涩，掉队了。

“我，不要，炖猪肉。”他们的意志完全消沉了，用如同六号字体一般大小的声音说，站起来，又添一句，“（我一共）多少钱？”

其他的客人目送着这位可怜败北者的撤退，一种愚蠢的优越感油然而生。

“啊，今天可是吃好了。老板，还有没有什么好吃的？拜托了，再来一盘吧。”人们无法自控地开始胡说一通，似乎已经逐渐弄不清楚自己是来喝酒的，还是来吃东西的。

酒，实在大有魔力啊。

黄村先生言行录

（首先我先通知各位，黄村先生因为对山椒鱼[1]着迷而损失惨重了。他是位逸事颇多的人，接下来我会时不时地这样介绍他。介绍了三四个故事之后，读者也自然就对黄村先生的人格全貌了然于心了，所以现在，我想避免关于先生的抽象讲解。）

关于黄村先生开始热衷于山椒鱼这种奇怪东西的事情，我也多少有责任。早春的某天，黄村先生戴着往常总戴的那顶鸭舌帽（是一顶过分花哨的格子花纹鸭舌帽，一点儿都不适合他。我不能熟视无睹，顾不上礼貌地对他说过，要不还是别戴了，但是那个时候的先生，重重地点头肯定了我的话，他说，他从之前开始就这么觉得了，但是他现在还是戴着），他像年轻人一样，把这顶鸭舌帽戴在后脑勺上到我家来玩，然后我们一起去

① 山椒鱼：山椒鱼是两栖纲，有尾目，隐鳃鲵亚目动物的总称。虽名鱼，实非鱼类。长得像壁虎，有一根棍棒状的尾巴。曾与恐龙并存，较恐龙早 1 亿年出现，在地球存活了 3 亿年，是存在世上少有的活化石之一。

了家附近的井之头公园，这种时候我总是觉得很遗憾，先生真的一点儿也不风雅。我从很久以前就看穿了这一点。

“先生，梅花。”我用手指着花说道。

“啊啊，梅花。”他也没怎么好好看，就应了我的话。

“果然梅花里，白梅比红梅要好啊。”

“是好花啊。”他大步流星地走过去了。

我追上去说：

“先生，您讨厌花吗？”

“非常喜欢。”

但是我看穿了，先生一点儿也没有风雅之心。在公园散步时，他也只是匆忙走着，也不回头看梅花，看柳树，然后时不时地粗俗地对我低语一句“美女呢”。先生只对擦肩而过的女人眼尖，我心里难以忍受的不痛快。

“不是美女啊。”

“这样嘛，她看起来像十六岁。”

我震惊无比。

“累了吧。休息会儿吧。”

“好呢。就到对面的茶馆，我想视野应该很好吧。”

“一样的哦。近点儿更好。”

我们漫不经心地进到最近的一家脏脏的茶馆坐下。

“想吃点儿什么？”

“我想想。甜酒或者红豆年糕汤吧。”

“您吃点儿什么呢？”

“不知道啊。有没有其他好吃的东西啊。”

“有没有类似鸡肉鸡蛋盖饭的吃的啊。”虽然是老人，但是他食量却很大。

我就要脸红了。先生吃鸡肉鸡蛋盖饭，而我吃红豆年糕汤。吃完了之后（先生说）：“盖饭很大碗，米饭的量也很多。”

“但是很难吃吧。”

“难吃啊。”

黄村先生说着站起来，又急匆匆地走了。他一点儿也不能沉稳下来。（之后）我们进了中之岛水族馆。

“先生，很漂亮的红鲤鱼吧。”

“漂亮啊。”说着他马上又去看下一个。

“先生，这是香鱼。确实姿态不错呢。”

“啊，在游着呢。”他又去看下一个了，一点儿都没仔细过眼。

“这次是鳗鱼了，很有意思吧，都在沙上趴着呢。先生，你在看哪里呢？”

“嗯，鳗鱼，活着呢。”净是前言不搭后语，他又自己一个劲儿地走到前面去了。

突然，先生急切地大声叫了起来。

"呀！你是山椒鱼！山椒鱼！确实是山椒鱼！这不是活着的吗？你！真可怕啊。"该说这是前世的因缘吗，先生看到那个水族馆的山椒鱼的第一眼，就上头了。

"第一次啊，"先生像呻吟一般地说着，"第一次见到你了。不对，我感觉之前也曾经见过好几次，但是这么近距离地、清楚地看到，是第一次。你，身上有古代的味道不是吗？像深山的'巒'气[①]升腾一样。'巒'气的'巒'字，是言字两旁两个系，下面一个山字。可以说你就是深山里天地万物的精华吧。太震惊了。嗯。"他就这样胡乱地念叨着。我羞耻得不得了。

"您喜欢山椒鱼让我很意外，是哪里这么好呢？不过我们的前辈，也有一位写过山椒鱼的小说的。"

"对吧？"先生像煞有介事地点点头，"那一定是一篇杰作。你们对这种深奥的野兽，不，鱼类，不，"他开始慌张了，面色涨红，揉搓着胡子，"这是什么东西呢？水族，也就是说海狗类的吧。海狗——"说着，他的精神完全垮掉了。

先生似乎对此感到相当懊悔。自己在动物学上的造诣的浅薄，被完全暴露出来，他好像对此确实深感遗憾。在那之后一个月，我顺道去阿佐佐谷的先生家时，先生已经是够格的动物学者了。对于任何事情都不想输的先生，想一雪在水族馆的前

① 巒气：日语词，"云烟"的意思。

耻，夜里都在偷偷地翻阅动物学的书籍。一看到我就说：“什么嘛，之前的那个生物，那是两栖类中的有尾类。”他用非常扬扬得意的语气，说着人人都知道的事情，“不知道吧。那就和字面意思一样不是吗。因为有尾巴，所以叫有尾类。啊哈哈哈。”（说完这句）连先生都有点害羞了。先生笑了，我也笑了。

“但是，”先生突然认真起来，“那真的是很有深意的动物。对，应该说是珍稀动物才没错吧。”他越发地郑重其事。我坐在走廊上，不情愿地从怀里拿出笔记本。像这样，当先生用郑重其事的语调说出一些话的时候，我有马上拿笔记本记下来的习惯。有一次，明明不用做的，我为了讨先生的欢心，就说，先生的座谈十分有趣，请让我稍微记下笔记，然后拿出了笔记本，这个行为让先生非常满意。那之后，先生动辄就想正襟危坐、不慌不忙地说话，如果我不拿笔记本出来的话，他的神色就会变得无法言喻的阴郁、难看，然后他就开始说一些刺痛人的、听起来格外嘲讽的话，无论如何都要我拿出我的笔记本来才好。实际上我对于这个习惯，内心是无法接受的，然而这毫无疑问是我不值钱的恭维的报答了，谁也不能怨恨。以下是那天座谈笔记的全文，括号里是速记人我的暗自感怀。

那今天说些什么呢？也没有什么需要专门讲的奇闻逸事，（这样不装腔作势的话，倒是好老师）真的是一直一直在讲类似的话，大家（谁也不在）可能都已经听烦了，今天就讲一件，关于山椒鱼这种珍稀动物，给大家分享下我浅薄的学问。前些日子，我被一位直率的书生邀请（说这种讨厌的话）到井之头公园风雅赏梅去了，红梅、白梅，一点点儿地开得烂漫（红梅并没开），腼腆地争艳，静悄悄的，如同仙境般如梦如幻。我各处徘徊，几乎要忘却我存在于俗世间（鸡肉鸡蛋盖饭，鸡肉鸡蛋盖饭），突然出现在眼前的是玄妙的太古动物，深山的（言字两旁两个系）"䜌"气飘荡的尊贵身姿，嘎吱嘎吱地发出低沉的声音蠕动着。不，不用惊讶。因为这就是之前说到的山椒鱼。我们醉倒在梅香里，信步而行，不知不觉就进入了公园的水族馆。

山椒鱼。我直面了它的身姿。就是它了！它就是我长年寻求的恋人，保持着和古代一样的气息，纯粹的大和[①]（有点牵强附会了）。它完全就是日本之物。我正想慢慢地给那位同行的书生讲述山椒鱼的可贵，那位书生突然如同狂人般地笑起来，我实在是很不愉快，停下了说明匆匆回家了。今天就和大家先对山椒鱼进

① 大和：日本的古称、雅称。

行一些学术理论上的说明吧。

日本的大山椒鱼，听说是世界上非常有名的物种。我最近在研究石川千代松博士[①]的著书，(上面记载道)距今两百年前，在德国南部，出土了到目前为止没有见过的神奇形状的化石。某个轻率的学者说，这就是人的骨头，人们以前就是用这样丑陋的姿态爬行的。恬不知耻吧，说这些来吓唬学界的绅士。那块化石变得非常有名，贵妇人憎恶，丑男人喝彩，宗教家狼狈，牛太郎[②]肯定，甚至快要成为无法置之不理的一大社会问题了。当时的学界权威们集中研究的结果是让大家放心，这不是人类的骨头，然而那仍然不知道究竟是什么，它和在美国山谷溪流里生活的山椒鱼这种小动物的形状很相似，只是在美国的山椒鱼没有这么大，两者之间大小的差异就像马和兔子的不同。结果就是，虽然不知道它是什么，但是不了了之了。也可以说它是大山椒鱼吧，学界权威诙谐地搪塞众人说，现在这种大山椒鱼灭绝了，在世界上到处都没了，没有了！大声地让大家闭嘴，姑且让事态稳定了下来。

---

① 石川千代松博士：日本动物学家（1860—1935），因向日本介绍进化论而被熟知。

② 牛太郎：在花柳巷的妓院招揽生意的男人。

但是在那之后，一位叫西博尔德[①]的（德国）人到了日本，某个偶然的机会，他看到一直提到的山椒鱼慢吞吞地在走动，大为震惊，心里总认为在几千年以前已经从地球上消失了踪迹的古代生物，竟然还活在这世上慢慢悠悠走动着。啊，在日本生存着大山椒鱼，他发了这样的电报给全世界的学者们。全世界的学者们都对此仓皇失措了。也有一副冠冕堂皇的样子否定他说法的学者说，这是骗人的吧，西博尔德这个人，从以前开始就喜欢吹牛。但因为日本大山椒鱼的骨骼确实高度类似于在欧洲发现的化石，学者们也不能再装作不知道的样子，日本山椒鱼就成了全世界学者的重要研究课题，甚至大家都认为，至少对于古代动物持有关心的人，都必须要去看一次日本的大山椒鱼，真的是痛快无比，欣喜。试想（又开始装模作样了）太古的动物还以太古之姿，现在也还是悠然自得地在这日本的山谷溪流里栖息繁衍，还静静思索。这正是神，万古不易的丰芦原瑞穗之国[②]，高志[③]之地的

① 西博尔德：德国医生、博物学家（1796—1866），江户时期，来日研究博物的学者，在日本的博物史上具有重要位置。

② 丰芦原瑞穗之国：古代神话里对日本国土的美称。《古事记》《日本书纪》里曾出现。

③ 高志：古代日本地名。

八岐大蛇[①]，还有剥下稻羽国白兔[②]之皮的鳄鱼，不全都是这山椒鱼吗（错乱了，错乱了）？可能有对此持反对意见的学者。我虽并不是特别执着于此，但从作州津山[③]到九里的大山深处，有一个叫作向汤原村的地方，那里有供奉着“半裂”大明神的神社。“半裂”好像就是山椒鱼的方言称呼，应该就是被撕裂成一半也能生存的生命力极强的意思吧，作为“半裂”大明神被供奉的山椒鱼，似乎是很可怕、强壮、粗暴的生物。传说它们还大肆吃人，这个传说似乎也被登载在了《作阳志》这本书上。（由于它们）吃人太甚，某位勇士最终将它们制服，之后在它们不作祟时赶快作为大明神供奉起来，正好把它们镇压了下来，这些也在《作阳志》这本书上被详细地记录了下来。现在虽然是小规模的神社，但是以前好像是非常大的，不就和八岐大蛇的故事有很类似的地方吗？我绝对不是执着于什么，根据《作阳志》的内容，“半裂”长达三丈[④]，这对于学

① 八岐大蛇：古代神话中的怪物，拥有八头八尾的巨大的蛇。被认为是水害的象征，后被须佐之男斩杀。

② 稻羽国白兔：在《古事记》中登场的白兔。它想从淤岐岛渡到因幡国（稻羽国）来，欺骗海里的鳄鱼排成一纵列方便它跨上岸，却在最后离上岸只有一步时向鳄鱼说出了真实的目的，被恼羞成怒的鳄鱼剥光了皮。

③ 作州津山：在今日本冈山县北部。

④ 丈：一丈等于 3.33 米。

者们来说是很可以的事情，但是我很讨厌怀疑别人说的话的人，所以说是三丈，那就相信是三丈便是。（不必对于速记人发火）总之，我想相信在很久以前到处都有山椒鱼，而且还相当大的这件事。总的来说，这种动物身体扁平，随着时间过去，头变得异样地大，然后嘴巴也变大了，呈现出一种现在的年轻人会说是奇形怪状什么的、想要敬而远之的模样，很难想象以前的人会把它敬畏为不同寻常之物吧。实际上，现在在日本山谷溪流间栖息着的二尺或二尺五寸的山椒鱼，如果咬上了人的话也是很糟糕的。它虽没有尖锐的牙齿，但力气却很大，能轻而易举地把人的一两根手指咬碎了，真的是很讨厌。（说走嘴了）就这一点来说，我也打算一直对山椒鱼抱有充分的敬意。虽然它是很老实的动物，但是发火了的话似乎就会变得非常恐怖，我估计稻羽国的兔子或许就是被它给剥的皮吧，关于这一点仍有研究的余地吧。

它真的是很神奇的生物，看起来那样的笨重，在进食时却很快速，就算是沉浸在安静冥想中的时候。如果有动物来到它的脑袋旁边，它“啪”地就能转过脑袋咬上去，听说真的是很麻利的生物，只是听着都会让人兴致全无，（毕竟它是）突然转过头，张大嘴巴咬上去，然后又沉浸入冥想之中。日本的山椒鱼，吃一种叫山女的鱼，它是怎么能吃到那么敏捷的鱼的，真让人不可思议。为此山椒鱼皮肤的颜色似乎是起了很大的作用。它在山谷溪流的岩石之下静静地沉下身体，让人不知道是泥还是什么，然后它把大脑袋放在岩洞的出口处，正深入思考的时候，山女鱼一下子就从岩石下面过来了，山椒鱼身体太重了，突然张大嘴巴没吃到，要追到很远的地方的话是做不到的，所以取而代之，它就要在山女鱼游到自己的脑袋旁边的时候马上张嘴吃掉，绝不放走，这好像就（需要）动作非常快了。它白天基本上都潜在岩石之下，夜晚就出来慢吞吞地散步，然后走到很远的下流来。如果到很宽的河流的河口撒网，也有山椒鱼会进网的说法。

日本哪里的山椒鱼都挺多的，在那位西博尔德之外，据说还有荷兰人亨德尔霍门，德国人莱茵[1]，地理学家波恩等人，一点点地做着调查，日本也古有佐佐木忠次郎[2]、石川博士等实地深山步行调查，结果（发现）在岐阜市中部郡上郡里一个叫八幡的地方，这个

① 莱茵：德国地理学家 Johannes Justus Rein（1835—1918），在地理学史和日本学史两大领域留下了声名。

② 佐佐木忠次郎：明治、大正、昭和时期的昆虫学者（1857—1938），近代养蚕学、制丝学的开拓者。

八幡呢，就成了东西的分界线，它的以东就看不到山椒鱼，然后从八幡以西，沿着中央山脉到本州顶端都有山椒鱼，据说现在的结论就是如此。在周防[①]、长门[②]也有，据说石州附近也有。然后还有一说，是在琵琶湖[③]附近的伊势、伊贺、大和，以及那边的山脉里也时不时会有。其他的话，在四国、九州现在暂时好像还没看到。另外还有一种被叫为箱根山椒鱼的，在关东地方栖息生活着，那种鱼有着完全不同的构造，最多和蝾螈一样大，再不能更大了。日本的山椒鱼，在和古代化石同样大小这一点上，是非常宝贵的、无可辩驳的世界第一，对此我的热情也自然高涨，也会大力支持。最近在日本发现的山椒鱼里最大的有四尺五寸，大概一米半，比这还大的山椒鱼听说就没人见过了。但是在伯耆国[④]淀江村这个地方住着一老翁，他从小就开始在自家庭院的池塘里，喂养一条山椒鱼。六十多年过去了，那山椒鱼现在已经长到了一丈以上，

---

① 周防：周防国，以前日本地方行政区划的令制国之一。地理位置覆盖范围有防府市、下松市、岩光市等地。

② 长门：长门国，以前日本地方行政区划的令制国之一。地理位置覆盖范围有下关市、山阳小野田市等地。

③ 琵琶湖：位于滋贺县，日本的象征、国家公园、日本最大面积的湖泊。

④ 伯耆国：以前日本地方行政区划的令制国之一。地理位置覆盖范围有鸟取县米子市、仓吉市等地。

很是气派，有的时候会从水面伸出头来，仅仅是头的宽度就不得了，宽三尺，真是威严啊，身长一丈。不过这位老翁实际上是个很狡猾的爷爷，据说他把池塘的水弄到必要以上的混浊，让水面上的睡莲蔓延生长，企图让谁也看不到那条山椒鱼的样子，然后自己一个人虚张声势地说山椒鱼的头有三尺宽，身长一丈，这些在某位学者的报告书里面也能看到。

那位学者特意去了伯耆国淀江村见到了老翁，说如果真的有一丈之长的话，他愿意出非常高的价钱买下，恳切请求老翁让他看一眼。听说老翁轻轻一笑，只说了一句，你带容器了吗？实在让人不快，那位学者也在报告里记录了“可疑的老头，不能指望”，从这一句话里就已经能充分看出他万分懊悔的样子了。那条山椒鱼之后如何了呢，实际上我也想要那么大的一条山椒鱼，但是如果对方跟我说，带容器来了吗？我也不知如何是好。水桶肯定是不够用的。但总有一天，我要把一丈长的山椒鱼据为己有，昼夜相亲，直接感触这古代的气息，陶醉般地沉浸在这深山幽谷的气息里。近些日子，看到水族馆里二尺左右的山椒鱼，我心里就有了想法，四处查阅关于山椒鱼的各类文件，在查阅的过程中，我的心被希望炙烤着，我想在我活着的时候，不管怎么样，我都想看一眼日本第一，不，日本第一即世界第一，我想看一眼世界第一大的山椒鱼。我知道这一定会被那位穷书生（过分了）之类的人嘲笑说这老人家闲不住，但是神啊，我只是想看一眼大山椒鱼，人想看大的东西是天性，没有什么道理！（接近真心话了）那该是何种美妙之事啊。没有一丈，六尺也可以，光是想象我就很揪心了。今天就暂且讲这么多吧。（太荒唐了）

那日的谈话如上，非常奇幻。就算黄村先生是再怎么奇怪的人，尝试这样奇怪座谈的事情也没什么先例。日子不同，速记人也有自发地想要正襟危坐听取的事情，如严峻的时局谈，五味杂陈的人生论，有些令人发笑的怀古谈，还有能展现出不同寻常气质的讽刺论。但是今天的内容完全不行，一处有收获的地方都没有。红梅白梅争艳，觉得如梦如幻，罗列下这些随意的大谎言，然后终于说到山椒鱼，辔气摇曳的尊贵身姿正蠕动着，然后说了夜里撒网，张开嘴麻利地捕食什么的，最后又颤抖着声音说，想看一丈长的山椒鱼，至少要六尺也好，那是如何美妙啊，最后说了这些，我精疲力竭了。我怀疑先生中了山椒鱼的毒，终于无救了不是吗？我在心里决定，今后我要断然拒绝这样无聊的座谈笔记。那天由于太过震惊，我甚至（看到）先生的脸都感到有些不快了，记完笔记我马上就告辞了，那之后四五天我去甲州旅行了。甲府市外的汤村温泉是平淡无奇的田地里的温泉，和东京离得近，较有乡土气息，也很安静，住宿也很便宜，在我工作堆积的时候，我就会去那里，在一个叫作天保馆的古老旅馆里，将自己封闭起来开始工作。但是那次的旅行完全失败了。那是二月末的事情，每日狂风大作，防雨门板阵阵作响，拉门的破洞也低声发出哈嗒哈嗒的声音，夜晚无法入眠，我的心情无法平静下来，一整天都用力地抓住火盆，工作也没法做。正是非常郁闷的时候，屋子前面的空地上有个杂耍场架了起来，咚咚锵锵的很是喧闹。我来的时机太不好了，每年正好是这个时候，在汤村都有消除厄运的地藏菩萨的祭祀。据说是非常灵验的地藏菩萨，从信浓、身延都有参拜人络绎不绝地拥过来。杂耍已经咚咚锵锵地开始招呼参拜人了。我懊悔万分，早就知道二月末在汤村会有这样的祭祀，真是大意了，做了这么愚蠢的一件事。我放弃工作了，决定在旅馆的宽袖棉袍外披上外套，去参拜那位地藏菩萨，然后就离开此地。我出了旅馆，马上就看到眼前的杂耍场。帐篷随着强风飘舞，看守的人声嘶力竭地招揽着客人。我突然看到一张广告画，画着男女老少在大沼泽中拽着网，有点儿勾起人的好奇心。我停下了脚步。

“伯耆国淀江村的百姓，太郎左卫门五十八年亲手抚养——”

看守的人叫道。

伯耆国淀江村。我稍微思考了一下，愕然了，说全身的血液逆流了都不夸张。就是那个！那件事！

“身长一丈、头宽三尺——”看守的人继续叫道。我的血液更是汹涌逆流。是那个！确实是那件事！伯耆国淀江村，没错的。这个广告画里的沼泽，就是为了展现那个“不能指望的老头”的神秘的庭院池塘而画的吧。那样的话，那个东西实际上一定栖息在“不能指望的老头”的池塘里了。身长一丈、头宽三尺虽然有些夸张，但是不管怎样，那个大——山椒鱼是存在的！现在，就在我眼前这个有些脏脏的小屋中，它尊贵的身子就躺在里面。这是什么好机会！在黄村先生那衰老的胸腔内燃烧炙烤着、深深爱着的日本第一，不，世界第一的妖怪，不，不是妖怪，说妖怪太糟蹋了，应该是灵物，未曾预料竟然成了汤村的杂耍，这才是如梦如幻般的故事，谁都不知道这灵物的真实价值。不管怎么样一定要告诉黄村先生，明明在那次谈话记笔记的时候，我那样冷笑过先生故事的内容，对主题是山椒鱼的动物没有半点儿关心，甚至还对颤抖着声音诉说的先生的脸有过那样厌恶、那样失敬的情绪，可现在就在眼前，伯耆国淀江村的身长一丈的山椒鱼真的出现了，我突然手忙脚乱了。果然和先生说的一样，人对于大型珍稀动物，是没有理由、没有办法保持冷静的。

我花了十钱入门费，猛然冲入小屋中，气势太过凶猛，都撞破了小屋里粗编席子材质的墙壁，穿到里面的田地去了。我又回来，用手拨开那些粗编草席进到小屋里，定睛一看，小屋中央有一坪[1]左右的水塘，那个水塘是红色的，很混浊，有时候水会噗噗地晃动。这一坪左右的小水塘里有一丈长的灵物存在，我觉得有些可疑，然而灵物可能也会将身子弯曲，忍受他乡的不自由吧。就算没有精确到一丈，如果是那条伯耆国淀江村的有名的山椒鱼的话，怎么样也会有七尺，或者有八尺吧。总之那条淀江村的山椒鱼，是在世界的学界里都很有名的生物，知道的人就会知道，文献里也有详细的记载。

水噗噗地动起来，可以稍微看到一个暗褐色的、滑溜溜的东西。确实是的，现在能看到的一定就是宽三尺的脑袋的一部分了。我兴奋得快要窒息，从杂耍小屋里跑出来，迎着强烈的寒风，踉踉跄跄地跑到村头的邮局，一边耸着肩膀剧烈地呼吸着，一边打着电报：

> 找到山椒鱼了，在天保馆，淀江村的那条，在汤村。

① 坪：一坪约等于3.3平方米。

打出来的内容成了一封莫名其妙的电文。我把那张电报纸撕了，又要了一张电报纸，这次稍微思考了一下，首先写下了我的住所和姓名，然后只写下“找到大山椒鱼了”就发出了。我觉得不用我说马上来，先生就会双脚不着地地飞奔而来的。果然那天晚上，先生咚咚踏上旅馆的楼梯，哗啦一声拉开我房间的隔扇说：“山椒鱼是哪条，在哪里？”他说着就环顾整个房间，似乎觉得我是在旅馆房间里发现了慢吞吞爬行的山椒鱼，然后用电报通知了他。果然先生和我等非常不同，是没有常识的人。

“它变成了杂耍的东西。”我简明扼要地报告情况。

“淀江村！如果是这样的话那就确凿无疑了。多少？”

“一丈。”

“你在说什么。我问价钱。”

“十钱。”

“好便宜啊。骗人吧。”

“没有，军人和孩子还是半价。”

“军人和孩子？那不是门票嘛。我想把那条山椒鱼买下来，还准备了钱来的。”先生从怀里掏出大钱包放在被炉上，轻轻一笑。我看到他的脸，不知为何又开始有些许厌恶了。

“先生，你没事吧？”

“我没事。一尺二十元，六尺的话就是一百二十元，有七尺的话就是一百四十元，一丈就是两百元，我在火车上这么考虑来着。能不能麻烦你把杂耍的头头带到这里来？然后和旅馆的人吩咐要酒，呀，这个屋子太乱了，你在这样的屋子里怎么生活的啊？好吧，忍一下吧，我就在这里和头头喝酒，然后慢慢地商量看看吧，商谈需要饮食招待。拜托你了。”

我不情愿地出了房间到账房那里叫了酒，然后说：“说个有点奇怪的事。”我实在是很难说出口。

“那之前的杂耍班子，能不能把他们的老大带来我的房间呢？不是，实际上，是那个杂耍里的怪鱼（在杂耍的看板上写着是天然自然的大怪鱼），有个人一定要买下那条怪鱼。那个人就是我的老师，是个正经人，守信用的人，总之能不能这么跟老大说一下然后带到我这里来呢？拜托了。那位先生说可以用相当高的价格买。总之，就这一件事，麻烦了。”这样奇怪的要求，我从出生到现在，甚至还是头一次。我一边说，一边意识到自己的脸全红了，冷汗也快流下来了。旅馆的掌柜一副不可思议的神情，也没有一点儿笑容，穿着拖鞋出去了。

我在房间里和先生沉默着对饮。因为太紧张了，互相都不太愉快，都想无视对方的心情，只是默默地一个劲儿地喝着酒。这时隔扇被拉开了，弯腰进来一位看起来很耿直的小个子、四十岁左右的男人，就是那位在入口嘶哑着叫喊的男人。

“你啊，请进，请进。”先生站起来走到男人身边，把手放到他的肩膀上，强行让对方坐进了被炉里，“来，先喝一个。不需要客气。来吧。”

“好的。”男人苦笑着，“这副打扮真是不好意思。”一看，他和站在入口的时候一样，穿着藏蓝色细筒裤配对襟毛衣。

“什么？那店里怎么办？”我有些担心地问道。

“现在是休息了来的。”听不到咚锵的敲锣打鼓声了，只微弱地听到卖东西的声音和参拜人穿着拖鞋的脚步声夹杂在风声里。

“你是老大吧？就是杂耍的头头没错吧？”先生用不介意任何事的大方态度，给那位老大酌着酒。

“是的，谢谢。”他左手把酒杯送往左边，右手用小拇指挠着头。

“是托付给我的。”

“嗯。”先生深深地点头。

然后先生和头头之间开始了相当奇妙的商谈。我只是捏着一把汗在一旁听着。

“能不能让给我呢？”

“啊？”

“那是山椒鱼吧？”

“实在不好意思。”

“实际上我已经找那条山椒鱼好久了。伯耆国淀江村。对。”

“不好意思，老爷您是学校相关人士吗？”

“不是，和哪里都没关系。那边的书生是个作家，还没有名气的作家。我是失败者，也写小说，也画画，也搞政治，也会沉迷于女人。但是都失败了，你就把我当作隐士吧。说是大隐隐于市。”先生好像有点醉了。

“欸，”头头含糊地笑了，“嗯，您在隐居。”

“一点也不手下留情。喝了这一杯。”

“已经喝了很多了，”头头点点头要站起身来，“那么先告辞了。”

“等一下，等一下。”先生极度慌张地挽留他，“怎么了？现在才要开始聊正事呢。”

“您说的事情我大致清楚了，所以就想告辞了。老爷，您太糊涂了。”

“真是毫不留情啊。你先坐着。”

“我没空啊。老爷，你想要用山椒鱼下酒，那是不行的。”

“说这么恶心的话（做什么）。这是误会了。书上说有人会煎了山椒鱼吃，但是我不吃。就算有人让我吃，我也不会伸筷子的。用山椒鱼来下酒什么的，我可没有那么豪气。我很尊敬山椒鱼，如果可以的话，我想把它接到我家庭院的池塘，朝夕相亲。”先生拼命解释道。

“所以我反感这样。如果是为了医学，或者是学校的教育资料什么的，那我还能懂，但是爱好隐居，已经养腻了红鲤鱼，觉得德国锦鲤也无聊了，想着山椒鱼怎么样，朝夕相亲。来啊，喝一个吧，这么开玩笑的事情，我怎么可能认真对待。异想天开也要有个度。我这边可是放下了重要的生意过来的。糊涂虫，真是愚蠢到了极点，我很生气。”

“这就尴尬了。这是对有闲阶级的忧愤积怨吗？有没有什么能让事态圆满解决的方法啊。这真的是意外的状况。”

“不要蒙混过关。我看得很透，就算你装作很冷静的样子，但被炉里的膝盖从刚刚开始就在颤抖不是吗？”

“无礼。你这就很粗俗了。好吧，既然如此，那我也直言不讳了。一尺二十元，怎么样？”

“一尺二十元，什么意思？”

“如果真的是从伯耆国淀江村百姓的池塘里出来的山椒鱼的话，应该是身长一丈。这个已经被记载在了书上了。一尺二十元，一丈的话两百元。”

“请原谅，它的身长是三尺五寸。你觉得这个世界上有一丈的山椒鱼存在吗？真的是可怜啊。”

“三尺五寸！小，太小了。伯耆国淀江村的——”

“够了。杂耍的山椒鱼，每一条都是从伯耆国淀江村出来的。从以前开始就是这样了。太小了？不好意思。就那样也能养我们家三个人，值得敬佩。你给我一万块我也不会放手的。

一尺二十元，真是令我好笑。老爷，太糊涂了哦。”

“一切都完蛋了。”

“我刀子嘴豆腐心。（人）不要有古怪的欲望比较好。那允许我告辞了。”他认真地说完，行了礼。

“我送你。”

先生东倒西歪地站起来，看看我这边，看起来很悲痛地微笑着，“你写在笔记上吧。有情趣的古代论者，被忙碌的生活人叱责了。原本是南方之强，还是北方之强呢[①]？”

醉着酒，再加上消沉的原因，他的脚步看起来很危险。他要送头头走，就从房间出去了，我立马就听到“轰隆、扑通”的大声响，是黄村先生完美地踏空了楼梯，（导致）腰部挫伤严重。我第二天就前往信州的温泉地旅行了，先生一个人留在天保馆，为了养伤做了三周的温泉疗养。带来的钱，基本上都用于疗养费了。

以上就是先生山椒鱼事件的来龙去脉了，这么愚蠢的失败，就算在先生身上也是史无前例。我想单纯地将这件事理解为他中了山椒鱼的毒气，但先生说的那句谜之发言“有情趣的古代论者，被忙碌的生活人叱责了。原本是南方之强，还是北方之

---

① “南方之强，北方之强”：原文出自《中庸》第十章，“南方之强”指的是“用宽容柔和的精神去教育人，人家对我蛮横无礼也不报复”，“北方之强”指的是“用兵器甲盾当枕席，死而后已”。

强呢？”，我一想到就又神奇地有些心痒痒，这也是事实。可能你们都知道，南方之强、北方之强，这句话好像能在《中庸》第十章[①]里看到，这个句子和本次的事件之间，我觉得好像没有特别的深意。总之黄村先生自己遭遇了一个很大的失败，也愿意将这个失败给我们当作教训。

① 《中庸》第十章中原文为：子路问强。子曰："南方之强与？北方之强与？抑而强与？宽柔以教，不报无道，南方之强也，君子居之。衽金革，死而不厌，北方之强也，而强者居之。故君子和而不流，强哉矫！中立而不倚，强哉矫！国有道，不变塞焉，强哉矫！国无道，至死不变，强哉矫！"

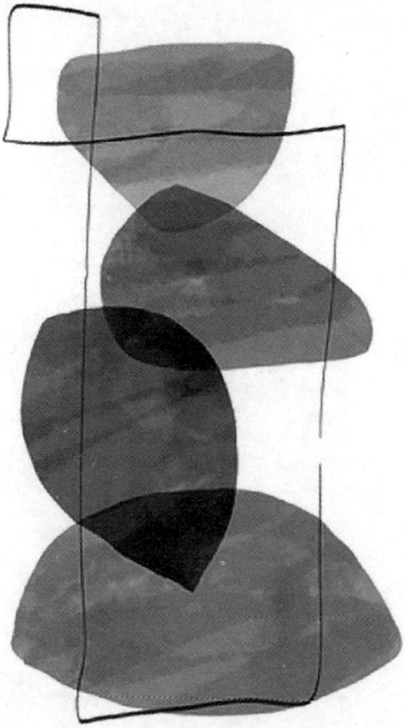

花吹雪

一

和“花吹雪”这个词同时出现在脑海的，还有“勿来关”[①]。沐浴着飞雪似的落花策马前行的八幡太郎义家[②]的身姿，可能是日本武士道的象征。但这次我故事里的主人公，只有沐浴着樱花飞雪战斗的姿态和义家很像，内心却是个相当脆弱的人。怀抱着同样志趣的形形色色的人，都是走在默默无闻的道路上耗光掉一辈子的宿命。朝着同样的方向，不分伯仲地努力前进，或许会成功，或许会失败。成功者会被当作这个世界的榜样敬仰，但要是说失败者也足以成为我们的宝鉴，却会被人叱责吧。不就有“以人为镜，可以矫正自身行为”的谚语吗？世上没有

① 勿来关：岩城市勿来町附近的古代关所，在今福岛县。

② 八幡太郎义家：即源义家（1039—1106），日本平安时代后期的著名武将，也被称为“八幡太郎”。

无用之物，何况还是人性本善、志存高远的黄村先生了。黄村先生本是隐于市井，偶尔会上演一场大的失败，令人怀疑“黄村”二字是不是原本就是“重大损失”[1]的意思，他愚蠢的言行，必然会成为我们宝贵的教训，从这一点来看，他是一位让人难以忘怀的老师。我今年正月，在某本文艺杂志上报告了题为《黄村先生言行录》的故事，描写了先生热衷于山椒鱼而损失惨重的经过，遭到了世上贤者的嫌弃，他们说“这什么啊，真愚蠢”，我甚至觉得自身都有了重大损失，但这次先生的花吹雪格斗事件，或许会让世上的贤者怜悯一笑吧。但是，不论是那次山椒鱼的失败，还是这次的逸事，我不得不认为，对于先生来说，都一定是很悲痛的事情，我不甘于上一次的低评价，这次又记录下了先生的言行。先生的失败，我觉得能给后辈们很好的教训，在前一回应该已经陈述了，但如果有人逼问我，那到底是什么教训呢？怎样用一句话说明呢？我就难以回答了。可以是“人不要做与自己能力不符的事”，不不，正处在热情奔腾的时候，便不要犹豫冲向前去！“就算堕落那也是男子的夙愿，凡事皆在尝试”，又好像是这样能激励人的教训，结果我也弄不明白了。但是在这弄不明白的事实当中，我觉得，一种突然感受到的失落才是真正的教训。就像极难用“春风

① “重大损失”：在日语里“黄村”和“大损”发音相同，都是“oson”。

不度勿来关”[①]一句话来讲明这首和歌的意思，越是友好的教训，越难用一句话进行明示。前些日子，我时隔许久拜访了阿佐佐谷黄村先生家，先生正和四位文科大学生高谈阔论。我也赶紧加入这四名大学生，恭听先生的卓见。这次的论说相当流畅，和讲授山椒鱼比起来，水平完全不在一个等级上，非常厉害，我不用先生催促，就自发地从怀里拿出笔记本开始速记。以下就是这次座谈笔记的全文，各处括号里的句子，和此前一样，是我画蛇添足的说明。

什么困难的事情都不存在。因为无聊的知识而感到迷茫是不行的。女人是纯真的，除此之外什么都不需要。在田野间经常看到的风景是麦田里年轻的百姓们呼喊着“萨诺亚”，对面遥远的老家那传来回复“哈—衣—”，令人无比高兴又觉得很不好意思。就是那个了。就是那样哦。那样就很好。诸位，如果你们要写恋爱小说，应该要写这样健康的恋爱才好。叫作“咖啡”的豆子煮出的汁里注入了砂糖，说叫作橙汁什么的，就是那种黄色的水里浮上橘子皮切片的脏东西之

① 春风不度勿来关：此句出自源义家的和歌。源义家在三年交战结束的返途中，经过现位于福岛县岩城市的勿来关，他咏下了一首和歌，大意为“勿来之名的意思是不要来，我以为春风不会吹到勿来关，哪知樱花散落，铺满了前行的道路，让道路都变得狭窄”。

类的，男男女女都随意地咕嘟咕嘟喝着，然后再轮流去解手，那样的恋爱场面都应该说很浅薄。前些天，我到附近的高砂馆去了，隔了很久来看看活动，在一个不知名的旧剧里有一个有点意思的场面。年轻的武士肩扛着剑术的道具从道场回来的途中，遇到骤雨，就到某个房子的檐头躲雨，那家里有个十六七岁的姑娘，就想着要不要借伞给这位年轻的武士，抱着伞在玄关徘徊，那个场景真的是可爱极了。我很嫉妒那位年轻的武士。女人要像那样才行。她在把茶递给年轻的男客人时，因为过于紧张，用你们的话说就是，因为自我意识过剩而打翻了茶碗，确实是有这样可爱的姑娘存在，这样的姑娘才可以说是女性的范本。这也是我最近才意识到的事情，虽然如此简单地对你们讲明这个大发现有点儿可惜，（有学生在说："不要这么说嘛，嘿嘿。"轻师是自古以来文科学生的通病。）刚刚冷不丁地从座席的一角发出了一声热切的恳求，好吧，没办法了，我就传授给你们。

男子汉的真正价值，在于武术！（在座的人都脸色大变，有开始准备逃跑的胆小学生。）不变强是不行的。柔道五段，剑道七段，或者是箭术也好，空手道也好，什么都行。二段、三段的程度还是很让人不安的，至少也要到五段以上。一定会有认为这是愚蠢意见的人，（但我觉得）就算是国家和平的时候，男子汉也必须要经常刻苦磨炼武术。不论是想成为科学家的人，还是政治家，还是宗教家，或者是坐在这里的（向速记人这边用力地扬起下巴）未来的艺术家首先要做的，就是应当努力练武才是，但因为你们无知地将此怠慢了，所以如大家所见，每个人都无一例外地很卑微。愤怒吧。我也和诸位是一样的。我过去搞过政治运动，也从事过跟戏剧团体有关的事，也经营过工厂，也发明过治胃肠病的药，也还曾尝试过新体诗[1]，但是一个都没能成事。我总是战战兢兢，怀疑自己的能力，一颗心居无定所，去寺庙学习禅宗，或者把自己关在房间里，抓到什么书就读什么，读上万卷，不，千卷的书，喝大酒，装作迷上了女人，做了各种各样的努力，不管怎么样都没能对自己的生活方式抱有自信。参加新剧运动，马上就产生了“这样好吗”的疑问，过了三天，我就厌烦了。自己是不是有什么根本的缺陷呢？这样沉思之后，我一拍膝盖，恍然大悟。武术！就是这个。我忘记了男子汉最重要的修行。

---

① 新体诗：明治时期受西洋诗的影响，从日本和歌、俳句，中国诗歌等定型诗出发，试图形成新的诗型的诗的作品。

男子汉除了武术之外什么都不需要。男子汉的一生就是战场。诸位不论从事什么样的工作，都必须要对自己的力量有自信。有什么奇怪的，我是很认真地在讲。力气小的男人，是这个世界上永远的败北者，就算能和人对谈，在台上能热情地发表忧国的演说，然而一个人在酒馆喝酒的时候，如果对自己的力气没自信的男人，总会感觉哪里不安心，令人讨厌的眼神会让人生出不快的念头，这样的人会被蔑视的。

文学也是同样的。（突然瞪了速记人一眼。）文学和武术，是相隔甚远的两件事物，似乎有人认为苍白、细长的脸才是和文学者相符的，完全没有这回事。你练成柔道七段试试，那么会说诸位作品坏话的人，就一个都没了。不是说怕被打所以不再说坏话了，而是因为诸位的作品很威严。在那边的先生（又向速记人这边用力地扬起下巴），那位先生的作品，偶尔好像会在报纸的文艺专栏，被嘲笑说：他这不就是抱怨和挖苦吗？我觉得很可怜，但那也没办法，到现在三十几年间，懈怠了武术，精神上没有确定的自信，今天左明天右，从摇晃蹒跚的生活里，我们大概也明白会诞生什么样的文学了。从现在开始去柔道或者剑道的道场学习就好了。这真的不可笑。

整个明治大正的第一文豪是谁？恐怕就是鸥外[①]——森林太郎博士吧。那个人也的确是有了武术的爱好，文章里才会有威风凛凛的气韵的。那个人在近五十被委任了军医总监的重要职位之时，在宴会等场合对于无礼者是会决然动武的。（怎么会，有人说。）不，有详细记录的，上演了一场激烈厮打的大格斗。鸥外犹如此。况且，从古至今的大人物都是力气很大的。就算是大家眼中的学者、政治家，到了万一的时候，也发挥了非凡的武艺。只有小才干的话，是成不了大事的。在武术达人的身上，有一种稳重。如果没有这种稳重，男子汉就什么事情都做不成。伊藤博文[②]也不仅仅只是个才子，多少回也都从剑下捡回命了。被说成是智慧的化身的胜海舟[③]也是一样的，如果不是精通武术，绝对不会如此气量。读万卷书也是没用的。僧人也是如此。伟大的宗教家也无一例外力气都很大。文觉上人[④]的腕力是有名的，日莲[⑤]看起来也很

---

① 鸥外：森鸥外，也是后面所说的森林博士。日本医生、药剂师、小说家、评论家、翻译家。他是日本19世纪初明治维新之后浪漫主义文学的代表人物，与同时期的夏目漱石、芥川龙之介齐名，称为日本近代三大文豪。

② 伊藤博文：日本近代政治家，也是日本第一任首相（1841—1909）。

③ 胜海舟：日本江户时代末期至明治时代初期的政治家、幕府海军的创始人（1823—1899）。

④ 文觉上人：平安时代末期到镰仓时代初期的武士，真言宗的僧人（1139—1203）。

⑤ 日莲：镰仓时代的佛教僧人（1222—1282），日莲宗的宗祖。

强不是吗？演员也是这样。能被称为名人的演员，都一定是有习武心得之人。在日常生活里随意动武是不好的，但是悄悄磨炼武艺，不为人所知地练到剑道七段左右的本领，不错吧？（教师也好，学生也好，都同时深深地叹了口气。）不是，这个可不能只成为闲人的憧憬。诸位，从今天、现在开始就一定要去道场学习。有志者事竟成。我已经年纪大了，可能已经晚了，不，就算是我——（他闭口不言了。但是据观察，他心里好像深深地下了什么决心一样。）

二

这次黄村先生关于武术的座谈，让我有很深的印象。我也认为男人果然最后除了靠力气别无其他。对于能说会道又厚脸皮的、不会反省的人，也不想和他解释什么，突然就给他来一招利落的过肩摔，让他的身体到空中旋转，只听到砰的一声，再是啊的一声响从背后传来，再不慌不忙地拉他起来，这光景只是想象就觉得心里痛快。和歌诗人西行①，好像（武艺上）也很强。武艺高强的僧人文觉平时总说着，西行这个装模作样的人，

① 西行：日本平安时代末期到镰仓时代初期的日本武士、僧侣、和歌诗人（1118—1190）。

下次见到了就要把他打一顿，但是真的遇到了，怎么看都觉得比自己要强，反而招待了西行，这个故事也流传了下来。真的就如黄村先生所说，武术的磨炼对于文人来说也是大有必要的。我总是像被什么追赶着一样，早上下午晚上，一直坐立不安无法平静，可能最大理由之一就是我力气太弱了吧，我感到很郁闷。从五六年前开始，我的身体状况就变差了，连打个乒乓球都能发烧。现在去道场练习武艺什么的，看样子是做不到的。我这一生，说不定就是这样没用的男人了。话虽如此，鸥外一把年纪了还在宴会上和人扭打在一起吵架，这事我是第一次听说。是真的吗？黄村先生断言这有详细的记录，不会是胡说八道的吧。我半信半疑地从头到尾查阅了鸥外全集，发现全集上果然登载了这严峻的事实，我的心情就更灰暗了。那样高雅的绅士鸥外，要动手的时候还是会动手的，我不行。两三年前，在本乡三丁目的角落，我被喝醉的大学生挑衅，我那时候穿着高齿木屐，就算默不作声地站着那木屐也在咔嗒咔嗒地响，只能够坦白，别无他法了。

“你不知道吗？我抖得这么厉害。高齿木屐这么咔嗒咔嗒地在响，你听不见吗？”

大学生也没了争吵的意思，对我说：“不好意思，跟你借个火。”我就用我的烟点了他的烟，就那样走了。但是那之后两三天，我确实都不高兴。我要是柔道五段什么的，对于那样无礼的人，怎么能原谅，所以我一个劲儿地感到懊悔。但是，鸥外就毅然决然动手了。在全集第三卷有这么一个短篇《联欢会》。

（前略）

此时拐过宴席的角落，在右边有两个坐垫空着，刚刚的记者过来盘腿坐在前一个坐垫上。他把放在一旁的火盆拿到正面来，用双手压住火盆的边缘，显出盛气凌人的样子，然后转过下巴斜着朝我这个方向看，到近旁看了我一看。他少许的褐色八字胡向上拧着，这是我初次看到的一张脸。

那个男人这么说道：“哼，讨厌的家伙。大沼什么的虽然蠢却是个很刚强的人，很有分量。”

这么说着，他把火盆稍微拿起来一点，用火盆底两三次嗵嗵地撞击榻榻米，看起来好像是显示这象征着大沼的分量。

“这次的人耍着些小聪明招摇。给我等着，我会跟大臣说的。”

“（间隔）前些时日去问委员会的事情时，那个人（居然）让我好好去问负责人。下次再让我遇到他，我就把他揪到大马路上去。在路上遇到了我就必须要拔刀（给他好看）。”

左边传来的民谣歌曲还没有结束，（中略）右耳就听到了威胁声。这是我没料想到的事情，一时之间目瞪口呆。（中略）然后我听到他反复在说“下次再遇到就怎样”的话，我不假思索地说：“为什么现在不呢？”

“好。就现在。”

他叫着站了起来。

以上就是鸥外文章的书写，这是争吵的开始，最终开始激烈纠缠、厮打。

（中略）

他把我甩到院子里去了，我没有放开他的手，就这样互相拉拽中，两个人一起从边上掉下去了。

掉下去的时候我放了手，我从左倒下，左手背在花岗岩上蹭破了。站起来一看，他就站在我的前面。

我想从这时候开始采取攻势了，然而为时已晚。

宴席的客人过半都从庭院里走下来了，分别把我和他包围了。把他包围着的一群人，从灌木丛间一拥而上往庭院入口的方向去了。

四五个人围成一群人安慰着我，让我从边上上去。我的左手背沾满了鲜血，有人让我用水去洗洗，也有人说让我用酒洗，还有人说让人去附近的医生那里拿石碳酸水[①]。有人让我把手包起来，给了我纸、手巾。

（中略）

鸥外的描写，非常鲜活，仿佛这骚动就在眼前。然后鸥外还写道，“因为大家都在劝，所以喝了五六杯不喜欢喝的酒”。他应该是皱起脸来，咕嘟咕嘟用力喝的吧，就像喝闷酒一样。这部作品发表的年月是明治四十二年（1909）五月，是我们还没有出生的时候。我查了鸥外的年谱，鸥外那个时候已经四十二岁了。在两年前的明治四十年（1907），十一月十五日，他就已经被任命为陆军军医总监、陆军省医务局长了。在那前一年的明治三十九年（1906），他被封为功三级，授予金鵄勋章[②]，还被封为勋二等，授予旭日重光章[③]。他应该是在言行上要谨慎的人，却和一派不良少年习气的新闻记者说着：“为什么现在不动手？”

“嗯。动手。”

---

① 石碳酸水：可作消毒用水。

② 金鵄勋章：于1890年2月11日（纪元节）制定，分为7个等级，“功一级”向下至“功七级”。是战前的日本对日本陆军、海军的军人、军属所授予的唯一的勋章。“金鵄”的名称由来，是根据“神武天皇”在东征时，神武天皇的弓停了一只发出金色光辉的鵄，迷惑了“长髓彦”军的日本神话传说。

③ 旭日重光章：旭日章，日本勋章的一种。1875年4月10日制定，授予“对国家公共有功劳者中，有引人注目的显著功绩内容”。旭日章由上至下分为6级。旭日大绶章、旭日重光章、旭日中绶章、旭日小绶章、旭日双光章、旭日单光章。

然后开始吵架，鸥外一定是个相当有勇气的人没错了。关于此次格斗，鸥外的形势不是很理想，看起来一直处于守势，然而，掉到庭院里左手受伤之后他描写的是“我有了从现在开始转向攻势的想法”，很厉害。如果人们不阻止的话，一定是大干一场了。如果不是对自己的力气有自信的人，是写不出来如此有张力的文章的。但这是鸥外的小说。小说从以前开始就注定是虚构的事物，被记载下来的纠纷，我不能立刻就确信它是事实。我查阅了全集的日记，果然是有（记载的）。

> 明治四十二年，二月二日（周二）。阴天无风，不冷。（中略）傍晚，我前往赤坂的八百堪，有个叫北斗会的，是和出入陆军省的新闻记者等的聚会。席上东京朝日新闻记者村山某大叫着“小池正直得愚蠢，而你是个轻率的人”，对我施加了暴力行为。我和村山某倒在庭院的石子间，左手受了伤。

根据这篇日记来看，断定那篇《联欢会》的小说基本就是事实，亦无大碍。我回顾自己没出息的日常，更加深深感觉到羞耻和失落。即便是胜不过了，试一下怎么样呢，你不是应该也有憎恨的敌人两三人吗？尽管如此，你也一直是忍气吞声，毅然决然地试一下又怎么样？右脸被打了就伸出左脸，这是说即便有着必胜的力量也要忍着把左脸伸出去的意思，但你的话，就完全是张皇失措地说着，左边、右边都请痛快地动手吧，嘿嘿，如果能让你心满意足的话，请吧。啊，痛，痛啊，你紧紧地握住钱包，左右的脸颊都被揍得很惨，和这样的情形类似不是吗？然后一个人嘟嘟囔囔的还忍气吞声。就算是基督徒，到万一的时候，也会动手的，甚至会说："你们不要想我来是叫地上太平；我来并不是叫地上太平，乃是叫地上动刀兵。"[①]不是吗？也许（耶稣）是个有剑术心得体会的人吧，是在生气的时候，会甩着绳结揍耶路撒冷宫殿商人的人。他绝对不是皮肤白净的文雅男子。不仅不是文雅男子，根据某位神学家的说法，他是个筋骨强壮的堂堂伟丈夫不是吗？我听说就算是连虫子都不会杀死的释迦牟尼，年轻的时候一心想要耶输陀罗公主为自己的妃子，与情敌们——五百名年轻人比拼武艺，用谁也拉不开的强弓，射穿了七棵多罗树和铁猪，将耶输陀罗公主迎娶回家。把七棵多罗树和铁猪射穿的力量，实在是令人惊叹。正因为如此，弟子们才信服他。力气大的人，不知哪里有一种稳重感，黄村先生是这么说的。这份稳重，能让世人起了思慕之心。源氏家族到现在都很有声望，那是因为源氏家族武艺超群、相

① "你们……刀兵"：出自《马太福音》10：34 ~ 36。

当高强。以源赖光为代表，镇西八郎[①]、恶源太义平[②]等人的勇武可谓是无人不知、无人不晓吧。八幡太郎义家也不仅仅是在品位、品德、兵法上很优秀，作为一名大丈夫，因为在力量上很有实力，所以才被人尊为骑射之神。他在弓箭上具有天生的才能，是射快弓的名人，能像机关枪一样瞬间向敌军嗖嗖射入数百支弓箭，而且还是百发百中，似乎都说成评书故事了，但是在源氏家族里，不可思议地连续出现骑射的天才确实是真的。血统真是令人感到害怕。爱喝酒的人的孩子，基本上也能喝酒。源赖朝，不只是猜疑心强、一个劲儿地要攻占夺取的人。当时和平治之乱[③]落败的源氏一族一同流放于东方的途中，十三岁的赖朝在马上迷迷糊糊打盹儿，一个人走散了。根据平治物语，“十二月二十七日的深夜，非常昏暗，前不见路，赖朝就任由

① 镇西八郎：源为朝（1139—1170），日本平安时代末期武将，通称“镇西八郎”。河内源氏栋梁源为义的第八子，也就是源义朝的弟弟、源赖朝的叔父。身高七尺（约 210 厘米），豺目猿臂，体力过人，且左手比右手还要长四寸，因此适合弯弓射箭。他好用强弓，射速也快，是当时最著名的弓箭高手。

② 恶源太义平：源义平（1141—1160），日本平安时代末期的武将，通称为“镰仓恶源太”。他是河内源氏首领源义朝的长子，也就是源赖朝、源义经等人的异母兄长，15 岁时因大藏合战而立下武名，19 岁跟随父亲参与平治之乱，在军记《平治物语》中为异常悍勇的少年猛将，曾有率 17 人速败平氏 500 骑的骄人战绩。

③ 平治之乱：1159 年在保元之乱中，为后白河天皇立了大功的源氏家族之首源义朝，因为不满自己的封位比平氏家族首领平清盛低，乘平氏家族离开京城参拜神社之机，联合藤原信赖拘禁上皇和天皇，甚至杀死了天皇的亲信。在外的平清盛闻讯，立刻赶回京城，击败源义朝，诛杀藤原信赖，源义朝在逃至尾张时被手下杀死。源氏一族只余下义朝的儿子源赖朝流放伊豆，以及少数几名幼子寄养佛寺。经此一事，平氏彻底专揽了朝政。因为此变发生于后白河天皇平治元年，故史称“平治之乱”。

马走的方向有些不安地单骑往前走去。进入森山宿这个地方后，据值夜的人说，‘今夜如果听到马蹄声不停，那一定是逃亡者，就此逮捕’。大批领了官府命令的人已在等候，其中有个叫源内兵卫真弘的人，穿着铠甲、拿着长刀奔驰而来，一看到赖朝，就去揪住马的马嚼，说着‘六波罗[①]下令要抓住逃亡者’，就想把赖朝从马上抱下来，赖朝拿了须切刀[②]劈头盖脸就从上使劲往下挥，真弘被从正中间劈成了两半，仰着头倒下死了。接着出来的男人，说着‘蠢货’，正要去揪住马的马嚼子，赖朝就像劈真弘那时一样挥了刀，那人的胳膊从护肘处被砍掉了，然后就逃走了。那之后就没有人敢近赖朝的身，云云。”

我十三岁的时候，听了女仆跟我讲的鬼怪故事，那之后两三晚，都不敢一个人去厕所。不是在开玩笑，实在是相差悬殊。武人擅长武术是很自然的事情，但就算是文人，鸥外这样的人要干的时候也是会大干一场的，不会脱口而出“你看不见我在颤抖吗”这种奇怪的话。他们会扭打在一起跌入庭院，那之后还要重新转守为攻。听说夏目漱石也会在澡堂里，抓住无礼的工匠，大骂他混蛋，让那个工匠给自己道歉。好像是那位工匠不太小心把水还是热水溅到了漱石的身上，漱石就像惊雷

① 六波罗：位于今京都市东山区松原镇附近。平正盛在此建立了宅邸六波罗殿，孙平清盛将一镇的宅邸改造为二十个镇左右大小，住着平氏家族。故平氏政权也被称为六波罗政权。

② 须切刀：源氏重代的宝刀。它不仅能取人首级，还能把人的胡须一同切断，因此而得名。

般地对他大喝一声，赤身裸体地大声喊叫。要不是对自己的力量相当有自信的人，也是做不出来全裸战斗这样的把戏的。就算断定漱石懂一些武术，似乎未必就是犯了轻率之罪。漱石把自己在澡堂的逸事告诉了龙之介，龙之介好像就战战兢兢地把这件事对外公开发表了。龙之介是漱石晚年的弟子，澡堂一事发生的时候，漱石年纪似乎相当大了。漱石长了一嘴非常威严的胡须。那位鸥外也是带着一脸威严的胡须，担任了军医总监的要职，不得已而为之和不良新闻记者干了一架，然后一起从廊檐处跌落下来。我等不过是才过三十岁的众多小作家中的一人。自爱也好，什么也好，我有这东西吗？为什么不干呢？如果老是摆出病人的样子说“实际上，我身体有点儿……”什么的，是不行的。以前的武士，就算一边吐血也要一边去道场练武。宫本武藏[①]也是带病身。我甚至听说他是为了补足自己的力气，才研究出双刀流[②]的。读过武藏的《独行道》[③]吗？剑术名人，也就是人生的达人。

一、不违背世间之道。

二、万事无偏心。

---

① 宫本武藏：日本战国时代末期至江户时代初期的剑术家、兵法家、艺术家（1584—1645）。

② 二刀流：剑道名称，指使用双刀作战。

③ 《独行道》：宫本武藏的临终之词。

三、此身不求享乐。

四、终生不思欲心。

五、自身之事皆无悔。

六、不论善恶，绝不嫉妒他人。

七、分道之时不伤别离。

八、无论自身之事，还是他人之事，皆不抱怨。

九、不沉迷于恋慕之情。

十、诸事无偏好。

十一、不求自宅豪华奢侈。

十二、孑然之身不贪恋美食。

十三、不占有本应世代相传的古物。

十四、自身对事物无所嫌恶。

十五、对兵器造诣要深，其他道具则无须通晓。

十六、为道，不可畏死。

十七、老来不妄贪财宝领地。

十八、敬佛神而不求之。

十九、不离兵法之道。

所谓男子的模范就说的是如此心境之人吧。与此相比我怎么样呢？都没什么好说的。连自己都很惊讶，我不想再次陷入平日污浊的心境里，带着自我警惕的严肃打算，我在下文里列下我的十九条。这是愚者的忏悔。神和贤者，都请原谅我。

一、不知世间之道。就算别人告诉我，也会很奇怪地因为羞怯而不实行。

二、万事有偏心。相当讨厌傲慢的年轻诗人，只对二三腼腆的、努力用功的学生微笑。

三、一心只考虑自身喜乐。一家之中，有时比孩子睡得早，然后比谁都起得晚。妻子生病了我会生气，还会脱口而出带有胁迫的话语，不早点好起来的话我可不管了哦。因为妻子卧床不起的话，丈夫的杂事就会变多。有时自称是沉浸于思索之中，但其实就是裹着毯子躺着，还打起呼噜来。

四、欲望很深，还会脱离常轨。和那种站在玩具店前，说着这个也不要，那个也不要，问道那你要什么，就指着天上月亮的孩子有共通之处。大欲也近似于无欲了。

五、我做每件事都会后悔。就像被妖魔缠身一样。一边知道我一定会后悔，摇摇晃晃地一脚踏进去，然后更加后悔。好像没办法放弃后悔的味道。

六、不是因为嫉妒，但不知何故，我有说成功者坏话的倾向。

七、曾经一边吟诵着前辈诗人的诗句“再见才是人生”，一边醉倒哭泣。

八、虽也抱怨其他人，但在怨恨自己上，没人能胜过我自己吧。

九、不管睡还是醒，心中的恋慕之情不断，虽然全部都终于淡淡的幻想。大概在女人之中不受欢迎的事情上，无人能出我右。大约因为我的脸太大了吧。不能理解。我只能无可奈何地装作是很守戒律的人。

十、对事物无所谓喜恶，但想要的也得不到。我喜欢美酒，也不推辞粗酒。

十一、我的住宅有三个房间，大小分别是六榻榻米、四榻榻米半、三榻榻米。现在也不是不想要一个（自己的）房间。在孩子们会闹来闹去的房间工作是非常困难的，有时候我会突然想，要不搬家吧，但是我对于将来的收入心里没底，而且我又是个无比怕麻烦的男人，所以这些想法全部都没有下文了。我确实想要一个自己的房间。和对住宅无所期望的人的心境自然是相距万里。

十二、未必是喜欢美食，但是我坦白我家里总有个男人会朝着厨房问：“今天吃什么？”实在是粗俗至极，无地自容。

十三、我家没一个旧家具，因为我有变卖的坏习惯。变卖藏书是最频繁的。因为想要尽量卖个好价钱，就和别人讨价还价，连我自己都觉得可耻。在物欲皆无上，我和对所有家具都断了执念、清爽生活的人，在形式上有些相似，但是心境深浅之差，实在是相隔千寻[①]。

十四、对我来说有很多嫌恶之物。狗、蛇、毛虫，还有苍蝇，这段时间都很恼人。最讨厌的是吹牛皮的人。

十五、我家没有书画古董类的东西，因为主人太吝啬。一个盘子花五十元、百元，不，甚至投入万金巨额的人的心情，对主人来说终究是不可理解的。某天，这位主人有一好友来访。朋友采摘了中庭里美丽的几朵蔷薇，作为礼物送给主人，这位主人就坚决不收，说如果是蔬菜的话那是可以收下的。以此可推测全貌。很明显，这和那位剑圣排斥除了武器之外的其他一切道具，只是一心精进武艺相比是似是而非的。而且，眼下对这个男人来说是很忌讳武器的。他会精神错乱地把刀具当作武器，会做出什么就不得而知了。弱犬经常咬人。

十六、我并不厌恶死亡。幸存下来的妻子，虽然可怜但也毫无办法。然而现在，除了战死之外，其他

① 寻：日本古代的一个长度单位，指把左右手伸直后两手之间的长度。千寻则是寻的一千倍，现在多用来形容非常长或深。

的死法都是不能被原谅的。所以就要忍受着活下去。现在无论怎样，我都想让这条命为国家派上用场。在这一条上，我想可以勉强不亚于剑圣，但是我再想想，如果本身不想舍弃生命而捐躯，那是崇高宝贵的，但是本身无论如何都想死，到处转来转去搜寻能够死的地方，那只不过是自己的任意妄为，好吧，这一条也是不行的。

十七、不要说老来不妄贪财宝领地了，眼下每天的生活，我都是煞费苦心地熬过去，对此只能苦笑。但我自己暗地里想着，在我老后或者我死后，我还是希望能有让家人不为生活发愁的财产为佳。但是能留下财产什么的对我来说近乎奇迹。就算没有财产，只要能保有工作的话，怎样都可以过得去吧，我还抱有这种天真肤浅的幻想，所以这条也不及格。

十八、痛苦时才求神。原本一生可能都是痛苦的，就算一生不忘神佛，那也是属于求神拜佛了。这和剑圣的心境完全背道而驰。

十九、虽然这么说很羞耻，但是我的敌人在厨房。欺骗之、不惹怒之，以此糊弄我虽工作但仍然贫穷的事实，这是我兵法的全部内容。与之争论，有时于我不利，我就投降从家里逃出，到附近的井之头公园的池塘边一个人徘徊，这时心情的灰暗无可比拟。我神情严肃地走着，就像全世界的苦恼都是我一人在背负一般，要经常下功夫处理夫妇吵架的后果，这真是不像话。万事除了愕然别无他法。

请把这些和剑圣遗留下来的《独行道》一条条对比着读读看。虽然像不认真的醉鬼调调，但是真理就算笑着说出来也还是真理。如果对于贤明的诸位读者来说，我这个愚蠢的人毫不伪饰的坦白，能有一些成为你们自我反省的材料的话，那我实为荣幸。幼童拿着玩儿的伊吕波纸牌[①]上不是写着吗？人，以人为镜可以矫正自身的行为。

三

总之我厌烦了。无论如何都不行了。完全没希望了。男人就是要靠武术。怠慢武术修行的男人永远都是没有价值的，黄村先生的教导告诫，有很深入人心的地方，我查阅了两三文献，（发现）确实就如同黄村先生所说，我明白了他的说法是很正

① 伊吕波纸牌：也就是字母表花牌，从日本江户时代开始流行，共计96张，在其中的48张纸牌上，每张写有一句以日语四十七字平假名（外加“京”字）为句首的谚语，在另外的48张纸牌上有与其内容相关的48幅图画以及句首文字。

确的，但是好了，当我回过头来凝视自身现状的时候，（我发现）这情况也太糟糕了。就像面对着一面没有任何抓手的严峻绝壁一般的心情，只能徒劳地一味叹息。在我家附近有一家整骨院[①]，店主人是柔道五段还是几段，所以他也在店里设有一间小小的道场。傍晚，从职场回家的产业战士们，就会顺道去那个道场，乒乒乓乓地练习。我在散步途中，就会停到那个道场的窗户下，踮起脚来快速地看看道场内部。（那场景）实在壮烈。我生来第一次心里烧灼般地羡慕年轻顽强的肉体。我垂着头去了附近的禅林寺，在寺庙的深处有森鸥外的墓地。我不清楚为何鸥外的墓地，会在这东京府下的三鹰镇。但是这里的墓地很干净，可以看到鸥外文章的一些风貌。如果我脏污的骨头也能被埋在这样整洁墓地的角落里，那可能会成为我死后的救赎，（以前）也不是没这样偷偷幻想过，但现在我畏缩了，那样的幻想什么的也烟消云散了。我没有那样的资格。我没有资格能和长着威严胡须、勇敢地和醉汉格斗，然后与从廊檐掉落的豪杰同眠在一片墓地。你这小子，可不是能挑剔墓地的身份。要有清晰的自知之明。我那天只用余光看了一眼鸥外干净端正的黑色墓碑，就慌慌张张地回家了。一回到家，就有一封信正等着我。是黄村先生给我写的信。啊，这里有个先驱。有我们光

① 整骨院：缓解肌肉酸痛、矫正骨骼等的地方。

荣又悲壮的先驱。以下便是这封信的全文。

前略。那之后如何了？老生最近的心境如同白氏所谓“自笑营闲事”[①]。前些日子来的时候，我说男子的颜面在于武术，得到了诸卿率直的赞同，可惜如果教训的人自己不率先实行，高见就会变得和瓦砾一般，一文不值，毫无意义。老生原本愚昧无知，但不是只教不负责的不会自我反省的教师，昨天傍晚，这把老骨头奋起一试拜访了弓箭道场。太悲哀了，衰老的筋骨都蜷缩了，手脚无法充分伸展开来，颤抖着颤抖着用力拉弓，结果放出去的弓没能射到靶子上，立马“吧嗒”掉在了眼前的沙石之上，请感受我这失落的心情。我闭着眼睛、深切地念着“南无八幡”[②]。放开的弓弦，嗖的一声击打到我的耳朵，真的很痛，是一种想要在原地狂走叫唤的剧痛，但我还是用嘶哑的声音呻吟念叨着“南无八幡”才勉强忍住疼痛。然而，仅凭这点，就马上说老生极度缺乏武术的才能有点操之过急，谁曾用仅一天的修行就能参破武术的奥秘呢。

---

① “自笑营闲事”：出自唐代诗人白居易的作品《营闲事》，原文为“自笑营闲事，从朝到日斜。浇畦引泉脉，扫径避兰芽。暖变墙衣色，晴催木笔花。桃根知酒渴，晚送一瓯茶”。

② 南无八幡：向弓箭之神八幡神（八幡大菩萨）祈祷的话语。

思想的意志力，能够水滴石穿。我虽自认为平庸且鄙俗，但我下了坚定的决心，要不懈努力，必定不能输给（眼前）这个老瘦的八郎，决定用力（往身体里）注入肌肉让他看看，便在自己认可后结束了夜晚的练习。回家途中我顺便到鸣濑医院，请求（医生给我）做耳朵的检查，检查结果说鼓膜没有任何问题，才让我安心下来，勇气更增加了百倍，随意走进了阿佐佐谷省线道口旁的一家小摊。正是酒不够了的时节，老生这段时间，也在这个小摊喝生葡萄酒解渴。四月，落花纷纷的阳春。小摊背后也有三株大的山樱树，每每微风吹来，都有大量的花瓣凋零飞散，落花缤纷，甚至吹到了小摊里面来，这种意气风发的弓箭修行者不醉便不可得的风情，还望明鉴。然而这时突然出现了一个可恶的讨厌鬼，是住在老生附近的老画家，三十年都坚持将油画搬入国营展览会，也三十年连续落选，而且也没有想要反对国营展的意思，也有传言说他会给审查的诸位老师送上松茸等礼物，但也没起到作用。这是个连续三十年落选的、没有任何可取之处的古怪人物，虽说如此，但他极其重视地守护着祖先流传下来的大笔财产，但是如果人的价值是凭借其财产决定的话，那老生现在只能切腹了。杉田老画家

（已经）有了几个孙子，然而还系着红色的衣领装饰奇怪地扮年轻，平时像这样以此牵制我的意图非常明显。这又是一件荒唐可笑的事情，美丽的服装对我来说没有任何的羡慕，我心里想着要完全无视他，但是这个人身长六尺，脸色如赤铜般闪耀，胳膊之粗就像大松树一般，传闻他曾经踢死过附近当铺的猛犬，甚是有些阴森森的感觉。我对这样的人不会显露出轻侮之色，经常有技巧地假笑着，跟他打招呼。然而现在这个奇怪人物，突然闯到小摊店里来，呀，老人，在吃呢，这样叫着。他看起来已经有些醉了的样子，对于这无礼之人，我内心暗自感到震惊。你不也是老人了吗？你不知道武士之间要互相帮助、同病相怜吗？真是冷酷啊。正在我感到有些难过的时候，他又开始说，老人这段时间也堕落了呢，我不知道你成天都像蛇一样泡在这样的店里，还是用轻视别人的失敬态度嘲笑我。老生没有像蛇一样盘起来坐。虽然我觉得他这样说相当无礼，但对方身长六尺，有松树般粗壮的胳膊，老生也只能一声不响地忍耐，嘴边浮起含糊的笑容，一心想要敬而远之。然而杉田老画家得意忘形（地说），这家店到底有什么，有生葡萄酒吗？哦哦，喝这种不像样的东西，老板，给我也倒一杯他们说的那个什么生葡萄酒吧，哦哦，这就是生葡萄酒啊，呸、呸，不就像坏了的醋一样吗。允许我告辞了。老板麻烦结账了，多少钱？他说着这种明显就是在嘲弄我的话，正要离开又冷不丁说，老人，你给我注意啊，这段时间你把不良的学生们聚到一起高谈阔论，你很高兴他们喊你老师拥护你什么的，但你已经成为邻组[①]（盯上的）的危险人物了，我（多管闲事），恳切地忠告你（一声）。这就是所谓的即兴台词吧，他掀起了小摊店的门帘就往外走，老生立刻就喊道，稍等！便拦住了他。（我说）我一次都没有违背过邻组例会上的决议事项，每月都会率先购买分配下来的债券，而且每月八日也都一定会和汝等一起参加八幡宫的祈愿武运长久的活动，以什么理由把我变成危险人物呢，这会损毁我的名誉。原本所谓恳切的忠告，自古以来就是心灵卑微丑陋之人进行最后的试探与牵制的武器，在宇治川先阵之争[②]中，佐佐木的低语已经将事情弄得

---

① 邻组：邻组是第二次世界大战中日本各群体结成的官方主导的后方组织。

② 宇治川先阵之争：宇治川之战是日本平安时代末期寿永三年（1184），源义仲和源赖朝派遣的源范赖、源义经之间的战役。此处及后文所说的“先阵之争”，是指源义经麾下的关东名将佐佐木高纲与梶原景季互相争先抢渡“西国第一大河”宇治川的故事。据说交战当日遇宇治川河流涨水，两大名将率先纵马跳入河水中，正当梶原景季奋力在前，眼看就要上岸时，忽听身后有人说：“景季，你马肚带松了！”景季低头一看，发现中计，再一抬头，佐佐木高纲已经抢先冲上了岸，一扬马鞭，得意地高喊：“佐佐木高纲！第一个上岸！”源氏大军受此鼓舞，拼命向河对岸冲去。

明明白白了，你再怎么卑怯懦弱的，如果要将我亲爱的学生诸君说成是不良学生，那我就无法抑制我的愤怒了。现在正是要果断之时，就算只有一天，我也已经是有武术心得的男人了，我不是吴下阿蒙①，打一架吧，不论他再怎么是踢死过当铺猛犬的强者，但我念着“南无八幡”出击的话，就算此身是陶犬瓦鸡②，也上吧！不出一会儿我就做好了心理准备。等等！我大叫一声。对方很是惊讶，一脸呆相地回头看了老生一眼，哼地笑着走到了小摊店外。我对着他的身影又大叫一声，老太婆等等！也跟着跳到了小摊店的外面。小摊店外，落花纷纷。这风情仿佛是在为老生庆祝初次战斗一般。老生立马开始整理装束。首先把上颚的假牙取下来，放在道路的一角。（拿掉假牙的）样子看起来有点像在苦笑，如你所知，老生的上排牙齿全是假牙，为了做这个花了两个月的时间和三百元的巨额，现在要和松树怪腕格斗，要是有所破损的话那可不得了，在这样冷静的思考之下，我才把假牙取了下来放置在路旁。好了，我抬头看着眼前的强者说，你这段时间傲慢自大，邻组应是与人为善的，总是挑别

① 吴下阿蒙：人物是《三国志》里的吕蒙，比喻人学识尚浅。
② 陶犬瓦鸡：陶土做的狗，泥土塑的鸡。比喻徒具形式而无实用的东西。

人的毛病嘲笑，这种居心真的是极度粗俗卑鄙，好了好了，那今晚我就替天……但是因为把假牙摘了，我的发音极其难以辨认，连自己都听不下去了，今天就说到这里，（说完我）就伸出胳膊，对着老画家闪耀着赤铜色的左脸砰砰砰来了三拳。老画家目瞪口呆，微微张着嘴，只是精神恍惚地呆立着。一场没有争执的、相当厉害的格斗。对手无言，我也无言地退下，想从路旁捡起那副假牙。可怜啊，这是上天提醒我的把戏吗？落花不断四处飘散，不知何时如同白雪般在路旁堆积起来，老生的假牙也被盖住看不见了，哪里都是白皑皑一片。老生有些许狼狈，确实是放在这块来着，我用手摸着，如同在地上爬一样四处搜寻。找什么？我那错愕的敌手在此时如梦初醒般地问道，我一边爬，一边嘟囔着，没什么，在找假牙，确实是在这附近啊，颜面全无。古今东西，恐怕没有一个像我这样悲惨的练武之人了，想到这点，我就更加难过了。不管怎么说那花了三百元，我终于忍不住庸俗地唠叨抱怨起来，我的敌手面对着我一人在落英缤纷的黑暗之底爬动着的光景，也动了恻隐之心，和老生一起四手爬起来。确实是在这边吗？三百元很贵啊，他一边说着这些一边把手伸到堆积起的樱花花瓣里，坦荡地为我四处搜寻着。谢谢你，老生的声音，就如同野兽的呻吟声一般，有着无法排解的忧愁。如果失去了那个假牙，我就又要花上两个月，到牙医那里做牙，在那期间，不能咬一样东西，只能喝点儿粥过活，我的面貌也会又像没有牙齿时那样大为改变，又会老上二十岁，笑脸会无与伦比的丑陋，啊，从明天开始我的人生就如同在地狱一般，这是一种想哭又哭出不来的苦闷心情。杉田老画家是个机灵的人，他最后从小摊店借了一个小小的扫帚，不停地去扫那些散乱（落地而）堆积起来的花瓣，一边说着，是在这边吗，还是在这边呢？一边迅速地左右扫着。啊！有了！他突然发出欢喜的叫声。老画家找到了就在刚刚往自己脸上砰砰砰打了三拳的男人的假牙，却能毫无邪念、衷心地为我感到高兴，他的这种气魄，对老人来说是比任何事都要高兴和感激的。我甚至觉得假牙什么的怎样都好，但找到了假牙也不是坏事，老生又有二重和三重的欢喜。我从杉田老画家那里接过假牙含入口中，假牙上附着了大量的樱花花瓣，细嚼一下能感觉到略微有些涩味。杉田先生，请打老生吧，我一边笑着一边将脸递出去。老画家也非同小可，说着，好，那我来了，往手掌吐了唾沫，咣地就击中了老生的左脸，得意扬扬地走掉了。我以为他多少会手下留情，但他好像发挥出了力量的极限给了我一拳，老生两眼冒着四处飞散的星星，一时之间失了神。他也是相当浑蛋的人了。

以上就是我英勇善战的故事梗概了。今天仔细思考了一番，我认为武术非对同胞实行之术，弓箭则应射向遥远海上的那边，老生也会更加努力地磨炼心性，不憎恶、不轻蔑邻人，怀着白氏所谓“残灯灭又明”[①]的心情，感悟武术的妙诀，不断精进。希望老生此次考虑不周的覆辙，成为卿等年轻后生的后车之戒，你们要更加努力地磨炼身心，绝不能输。祈念。

① 残灯灭又明：出自白居易的《夜雨》，原文为：“早蛩啼复歇，残灯灭又明。隔窗知夜雨，芭蕉先有声。”

不审庵①

① 不审庵：意为可疑的草庵。

敬启。向您致以盛夏时节的问候，兼有些许老生平日的愚忠等。老生思虑之事，便是近来再次沉迷于茶道的练习。“再次”这个词有一些唐突，你可能会觉得这是虚伪之词，我猜你又像此前一样露出高明的苦笑，该隐藏些什么呢？我从小就喜欢茶道，父亲在生父孙左卫门大人那里得到启蒙，传授茶道于我数年，但悲哀的是，我生性愚钝，无法究其真趣，不仅如此，我的一举手一投足都相当粗鄙，实在难看，我和生父都感到愕然。孙左卫门大人去世之后，我虽说喜欢茶道，但不知如何求得指点，再加上身边世俗的琐事逐渐繁杂起来，出于无奈慢慢地远离了茶道，祖辈留传下来的饮茶道具，我也都断断续续地卖掉了。现在到了完全与茶道绝缘的可怜境地，近来又有些深层的感触，确实时隔了十年，我又偷偷开始尝试独自练习茶道，现在我真实地感知到了几分茶道的妙诀。

天地之间，不问朝野，人人皆为各自的天职而劳心劳力，然后再进行慰藉此辛劳的娱乐，我认为的确本应如此。而如果人们的娱乐中没有一些风雅的志趣，也没有高尚的努力，就变成了类似那些下等动物进食鸣叫的光景般可耻的样子。所谓个人求其所好，凝神于或是诗歌管弦，或是围棋插花，或是歌谣舞蹈等各种各样的爱好追求，这就是人之所以是万物灵长的缘由。

虽说如此，超越身份的贵贱、贫富的隔阂，彼此关系亲密，把对方当作真心朋友而且不失日常礼仪、讲话有条不紊，以朴素为宗旨排除骄奢、适度饮食，主客共尽清雅和乐，确实莫若茶道了。往昔兵荒马乱，武士逞勇，风雅被完全废除，只有茶道留存了下来，使英雄之心得以柔和。昨日以仇敌相视，今天便依茶道之德行兄弟相亲的，我听闻也不在少数。茶道的确最尊重谦逊的美德，并且能压制住豪奢之风，就算是贪婪之人，一旦理解了茶道，就能做到自我节制，不傲不骄地长保与朋友的交情，不用担心自己耽于酒色而误了身家，所以月卿云客[①]和志向远大的武将一致学习此道的事迹，相关的书上已经（记载

① 月卿云客：指的是大臣和古时日本宫廷中准许上殿的人，还可指地位高的人。

得）相当明白了。

原本茶道就是以遥远的镰仓幕府为开端，由五山僧[①]从中国相传下来的，这种说法较为接近定论。还有足利氏[②]的初代，京都的佐佐木道誉[③]等，聚集大小侯伯开茶会之事也见于传记里，（茶会上）陈列有各种奇物名品，提供各色珍馐佳肴，呈现一片竞相华美、铺张浪费、过分夸耀奢靡之风的光景，所以现在也很难说此为真实的茶道。到了义政公[④]的时代，珠光[⑤]出场，首次讲授了真之行台子[⑥]之点茶方法，然后将其传给了绍鸥[⑦]，绍鸥又将其传授给了利休[⑧]居士，在相关

---

① 五山僧：京都五山是在京都的五座禅宗的寺院。而五山僧指的是不仅在寺院活动，和足利幕府也保持着很强的关系，而且作为中国通，也为武家提供咨询。

② 足利氏：是日本历史上平安时代至室町幕府时代活跃的武家。

③ 佐佐木道誉：为镰仓时代末期至南北朝时代武将。《太平记》中记载了许多他设谋嘲弄权威的奢华宴会的逸事。

④ 义政公：指足利义政（1436—1490），室町时代中期到战国时代初期，室町幕府的第八代将军。

⑤ 珠光：村田珠光是日本茶道的“开山之祖”，他从师于一休宗纯，并创立了“茶禅一味”。他的“谨敬清寂”思想，对日本茶道创始人之一武野绍鸥有很大的影响，也对武野绍鸥的弟子、著名的茶道宗师千利休的影响甚大。

⑥ 真之行台子：“台子”为点茶用的道具，用来放其他茶道具的柜子。而“真台子”用于规格较高的茶礼之中。“真之行台子”指“里千家”茶道的点茶中一般人能做到的最好的点茶方式。

⑦ 绍鸥：武野绍鸥是日本茶道创始人之一，深受村田珠光影响，对珠光的茶道进行了改革和完善。他是千利休的老师。

⑧ 利休：千利休，确立了“和、敬、清、寂”的日本茶道思想，被称为茶圣，日本战国时代至安土桃山时代的商人、茶道家。

书籍里能看到记载。这位利休居士，效力于丰太阁[①]，首次开创了草庵之茶，从此时开始茶道就在本朝大肆推行，名门望族竞相玩味之，但其志趣不是对胡乱罗列重宝珍器、炫耀豪奢之风的东施效颦，而是在闲雅的草庵设席，精心地放置新旧精粗的器物，以淳朴为宗旨，尊重清洁，修礼让之道，主客之间的应酬形式相当简易又不失雅致，不流于富贵骄奢，不陷于贫贱鄙陋，恰如其分地尽兴，才如其奥义。在此圣战下，我也考虑着是否有最合适的爱好，近来稍加修炼此道之时，突然察知了其中奥妙，这份喜悦如若藏在我一人心底，既无益也可惜。后天下午两点为期，邀请老生平日亲密的二三年轻朋友，举行一个小小的茶会，虽说有些不讲理，但我也建议您排除万难出席。流水不浊，奔湍不腐，心境日日新才是您这样的艺术家期待的。出席茶会绝不是无用之事，可期待精神借此焕发新生，不管如何请您理解并欣然应邀。顿首。

今年夏天，我从那个之前提到的黄村先生那里，收到了一封信。以前就应该多次介绍过，黄村先生是什么样的一个人，

① 丰太阁：日本战国时代政治家、军事家丰臣秀吉的敬称。

现在就不再重复描述了，他就是个经常给予我们后生卓绝教训的人，虽然他偶尔也会失败，但总之说他是个悲痛的理想主义者也并不为过。从这样的黄村先生那里，我收到了品茶的邀请。虽说是邀请，但也是几近于命令般的强硬邀约。不管我愿不愿意，都是必须要出席的。

但是，对于土气的我来说，出席品茗会这样风雅的场合，我从出生开始到现在一次都没有经历过。黄村先生邀请这样不解风情的我赴宴饮茶，可能会在关键时刻嘲笑我笨拙的一举手一投足，还会斥责、教训我也不一定，我不能疏忽大意。我拜读了先生的信之后，马上就外出拜访了附近某位文雅友人的家。

“你这里，有没有什么与茶相关的书？”有时候我会从这位文雅的友人家借走他的藏书。

“这次是要借茶的书啊，应该是有的。你也是博览众书呢。这次又是茶了。”朋友有些纳闷。

《茶道读本》《品茗会之客人心得》之类，我借了四本回了家，一点点啃完，了解了茶道和日本精神，闲寂的心境，茶道的起源，发展的历史，珠光、绍鸥、利休的茶道。茶道也是很了不得的东西啊。茶室、茶庭、茶器、字画、怀石料理菜单，我也越读越有兴趣了。我曾以为，茶会只是去老老实实喝一杯茶而已，现在知道并非如此，会有各种各样精巧的菜肴上桌，也会上酒。虽说圣战之下，应该是没法做到如此奢侈的，这样说虽说失礼，但是对于看不出来富裕之态的黄村先生的茶会，我不会期待有这样程度的招待，充其量能喝上一杯薄茶就不错了。但如此美味的菜单，光是读就已经非常享受了。那么接下来就是饮茶之人的心得。这对现在的我来说，是最重要的项目。为了避免在茶会上大为失态、被先生斥责之类的事情发生，我必须要先细心地自学钻研。

首先在收到邀请的时候，必须要立刻对此邀请回复感谢。登门拜访表示感谢是最正式的，用书信也无妨。只是，万万不可忘记在谢函上写上“当日必定出席”的“必定”二字。这“必定”的文字，甚至成为利休关于“客之顺序”的秘诀。我给先生用快件寄出了谢函。我把“必定”二字写得非常大，原本无须写这么大来着。最终到了茶会当日，首先要聚集在茶会主人的宅中玄关处，确定席位顺序，始终保持肃静，如果大声闲谈，或者旁若无人地蠢笑，那就太过分了。接着主人会出来迎接客人，客人跟着他的引导恭恭敬敬地踏入茶席，入席之后首先要做的，是先走到烧茶水用的锅前，定睛凝神看炉与锅，发出感叹，然后跪着走到壁龛[1]前，抬头低头看墙上的挂轴，随后叹出更大一口气，“多么精妙啊”，用好不刻意的语气小声说上这么一句。回头问主人这幅挂轴的由来，客人如果不嘻嘻哈哈笑，

① 壁龛：和式房间里，为在墙上挂画和陈设装饰物品而略将地板加高的地方。

而是非常一本正经地询问的话，主人也会大为欢喜。说是询问由来，也应该避免太过于尖锐的问题。在哪里买的，价格多少，不是赝品吗，是不是借来的等，像这样过于多疑又喋喋不休地询问的话会令人生厌的。最重要的，是赞美火炉、烧水锅和壁龛。忘记这一点的人会被视作没有做茶会客人的资格，会吃亏的。夏天会替代火炉放置“风炉”，虽然发音类似，但却不是那个洗澡用的“风吕”①。再怎么样，也不会放置入浴设备的。算了，就当是七厘炭炉②的上等品就不会出错了吧。客人对风炉、烧水锅和壁龛发出感叹，接着就是欣赏（主人）添炭。主人在向炉子里添加炭火时，要两腿坐地，膝行向前到跟前欣赏，然后深深叹一口气。以前也有那种说上一句“不愧是您”，然后拍打膝盖发出感叹的人，那种还是过于夸张了，现在不流行了，只是感叹就可以了。还有夸赞香盒的环节，最后才上来怀石料理③和酒，黄村先生大概会把这一部分省略，马上端出薄茶④来吧。圣战之下不能期待奢侈之事。先生必定是打算在此之际，举行极其朴素的茶会，以此来给予我等后生严厉的教训。我稍微学习了一下怀石料理的做法，唯独细心地自修了薄茶的品尝方法。

---

① “风炉”和“风吕”：日语里有两个词，一个是“风炉”，意思是“小茶炉”，另一个是“风吕”，意思是“浴缸、澡堂”，这两个词发音相同，所以在此句当中进行了解释。

② 七厘炭炉：源自煮东西使用价钱七厘的炭之意。低温陶制炭炉。

③ 怀石料理：原为在日本茶道中，主人请客人品尝的饭菜。但现已不限于茶道，而是成为日本常见的高档菜色。

④ 薄茶：日本茶道中与“浓茶”相对的“薄茶”，用更少的抹茶来做的茶。

就这样，果真也如同我所设想的那样，并且比我设想的还要朴素，简直已成了一场严重的闹剧。

茶会当天，我穿着珍藏的唯一一双藏青色布袜出了门。《品茗会之客人心得》上写了，就算衣衫寒酸，但布袜必须穿新的。我在省线的阿佐佐谷站下了车，从南侧检票口出来的时候，听到有人叫我的名字，有两个大学生站在那里。两个人都是黄村先生的门生，也是文科大学生，已经和我是熟人了。

“呀，你们也来了。”

“嗯，”年轻一点的赖尾歪着嘴点了头，一副垂头丧气的样子说，“真的是难办啊。”

“又会被狠狠训斥一顿吧。”就连今年从大学毕业，应该志愿去做海军的松野君，也是一副完全没辙了的样子，“举办这种出乎意料的品茗会什么的，真的是服了。”

“不，没关系的。”我想给这些郁闷的大学生一些勇气，“没事，我做了一点研究来的，今天不管什么，按照我的来行动，是不会错的。”

“是呢，”赖尾恢复了点儿精神的样子，说道，“实际上我们也指望着你，从刚刚开始就在这里等你，因为想着你也一定会被邀请的。”

“也不要这样了，这样被期待的话我又吃不消了。”

三个人都无力地笑了。

先生一般待在别栋。别栋面向庭院，有六榻榻米连着三榻榻米的大小两个房间，被先生一人独占着。先生的家人们都住在正房，偶尔会给我们端来粗茶、煮南瓜等，其他时候很少露面。

黄村先生那天在面向庭院的六榻榻米房间，只穿了兜裆布横卧着看书。看到战战兢兢走到檐廊前的我们三人，他忽地起了身，“啊，来了。天热吧？快上来。快把穿着的衣服脱了，光着身子比较凉快。”甚至看起来他已经把茶会什么的都给忘了。

但是我们不会疏忽大意。我们不可能知晓先生心里有什么样的计策。我们站在檐廊边，不声不响、恭恭敬敬地鞠了躬。先生一瞬间，显出怪异的神色，但我们顾不上这个，按照顺序踏上走廊，接着我环顾房间，风炉也好，烧水锅也好，都没有。房间和平时并无二致。我有些许慌张，伸长了脖颈，看了看隔壁的三榻榻米房间，在那个房间的角落里，放着一个快要坏掉的七厘炭炉，炭炉上面架着个被烟熏成黑褐色的铝质药罐。我觉得就是这个了。我慢慢地跪着向三榻榻米大的房间移动，学生生怕耽误了，带着紧张的神色，紧紧地贴在我的身后跪行着。我们列坐在七厘炭炉前，双手放在榻榻米上，凝神望着炭炉和药罐，三人不约而同、自然而然地发出了一声感叹。

“那些什物，不看也罢。”先生用不太高兴的语气说道。但是我们无法知晓先生怀着如何深的阴谋诡计，切不可掉以轻心。

"这个烧茶水的锅，"我想要来问问由来，但是对如何开口却没有头绪，"用得相当旧了呢。"说了不应该的话。

"不要说些无聊的话。"先生终究还是不高兴了。

"但是，相当古色古香……"

"不要说那些无用的恭维话。那是四五年前，在车站前的五金行，花了两三元买来的。还有人这么夸奖这玩意儿？"

实在是别扭。但是我终究只想遵守《茶道读本》上教给我的正确的规矩。

欣赏完茶水锅之后，是欣赏壁龛。我们聚在六榻榻米房间的壁龛前，眺望那幅挂轴，还是佐藤一斋[①]先生的书法作品。黄村先生好像只有这一幅挂轴。我低声读了一遍挂轴上的词句：

寒暑荣枯天地之呼吸也。苦乐宠辱人生之呼吸也。达观之人必定不会讶异于突如其来之事。

读法是前些日子先生才教给我的，我不费力就读出来了。

"果然是好句子啊。"我又笨拙地效仿着，"笔迹也气度不凡。"

"你在说什么呀。前些日子你不是还挑着毛病问这是不是赝

① 佐藤一斋：美浓岩村藩士，儒学者（1772—1859）。

品吗。”

“这样吗？”我脸红了。

“是来喝茶的吧？”

“是的。”

我们退到房间角落，正襟危坐。

“那就开始吧。”先生站起身来，走向隔壁的三榻榻米房间，关紧了隔扇。

“接下来会怎么样呢。”赖尾小声问我。

“我也不是很清楚啊。”毕竟今天一直别别扭扭的我非常不安，“如果是普通的茶会，接下来会是观看茶炉添炭、香盒一览等，接着会上食物，上酒，然后……”

“还有酒吗？”松野看着有些高兴地问道。

“鉴于这种时节，应该会省略掉这一项吧。现在应该会上薄茶。嗯，接下来就是欣赏先生的薄茶礼法吧。”我没什么自信地说道。

这时从隔壁房间传来哗啦哗啦的奇怪声音，似乎有用圆筒竹刷搅动茶水的声音，但似乎又是很粗暴的噪声。我竖起耳朵听：“哎呀，薄茶礼法已经开始了吗？薄茶礼法是必须要欣赏的啊。”

我坐立不安。隔扇关得紧紧的，先生究竟是在干什么呢？哗啦哗啦的喧闹声不断地传来，甚至有时候还夹杂有先生的“嗯呜”的呻吟声，我们太过不安，站起了身。

“先生！”我隔着隔扇叫道，“我们想欣赏礼法。”

“啊，千万不能打开。”先生用似乎很是狼狈的嘶哑声音回答我。

“这是为何？”

“现在我把茶端过去。”然后他更加提高了声音的分贝叫道，“不能开门！”

“但是您好像是在痛苦呻吟不是吗？”我想拉开隔扇确认下隔壁房间的情况。我试图轻轻地打开隔扇，但是里面好像被先生牢牢地按住了，隔扇一动也不动。

“打不开吗？”志愿成为海军的松野走上前来，“我来试试看。”

松野用尽全力拉隔扇，先生在里面也似乎拼命在按着。

松野稍微打开一个缝，又严丝合缝地被关上。就这样你推我搡了四五个回合，隔扇嘎的一声滑落了，我们三人和隔扇一起轰然蜂拥而入隔壁房间。先生避开了倒下的隔扇，刚退到墙角就踢翻了七厘炭炉。药罐打翻了，蒙蒙热气充满了整个房间，先生叫着“好烫烫烫烫”，光着身子跳起了舞。看到如此情况，我们就处理着从炭炉里掉出来的炭火，每个人都你一言我一句地问道“先生，怎么样，没有受伤吧”之类的话。先生在三榻榻米房间的中间，穿着一件兜裆布盘腿坐下，不高兴地呼哧呼哧大发牢骚："这实在是一场糟糕的茶会。你们也太乱来了。无礼。"

我们把三榻榻米房间收拾了之后，战战兢兢地并排坐在先生面前，一个个给先生道歉。

"但是因为先生在呻吟，所以很担心……"我稍微有点儿辩解的意思，先生就噘着嘴说："嗯，我的茶道似乎至今为止还没有掌握到位，不管怎么用竹刷搅动，都不能很好地打起泡来。重新来了五六回，一次都没有成功。"

先生似乎用尽了全力，胡乱地搅动茶水，三榻榻米房间全都是薄茶的飞沫，然后好像在失败之后，把它们往洗脸盆里倾倒一空。三榻榻米房间的中间放着洗脸盆，里面堆着满满的绿茶。原来如此，因为这副狼狈相才要关上隔扇避人视线的，我这才体察到先生的苦衷。但是用如此不知轻重的技能去计划"主客共尽清雅之和乐"，也是极其鲁莽的事情了。反正理想主义者，一遇到实行似乎就容易笨拙，话虽如此，但像黄村先生这样，什么事情都与愿违，总是上演不如意的笨拙失败之人，也很少。想来先生在这次的茶会上，也是想要将那位著名的千利休的遗训——"世人应知烧开水、泡好茶，然后喝茶即为茶道"之精髓实际显现出来吧。先生只穿一件兜裆布的身姿，也可能是受了利休七条中的影响，这些内容的暗示，便以特别清凉的形式显现出来了吧。只不过由于各种各样的差错，变成了一场如此糟糕的茶会，真的是太可惜了。

一、夏天保持凉爽

二、冬天保持暖和

无须任何品茗会，口渴之际，即奔厨房，咕嘟咕嘟持长柄勺牛饮水缸之水，此乃上策，此乃利休茶道之奥义及心得。

我在数日后，收到了这样的一封信，是黄村先生写给我的。

时间宝贵，我们只读好书。

和风译丛·太宰治系列推荐

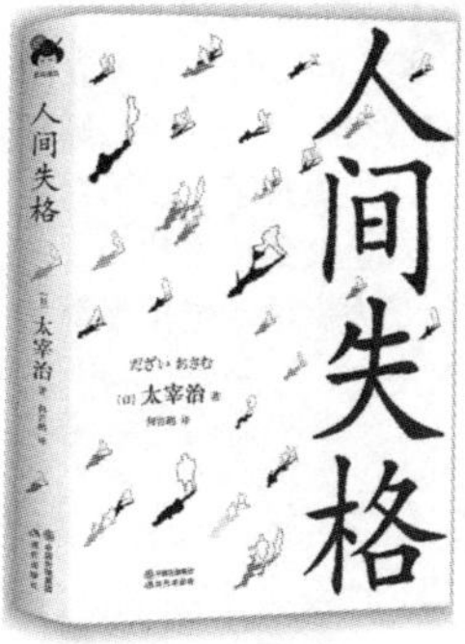

本书收录太宰治最具代表性的小说《人间失格》《斜阳》以及文学随笔《如是我闻》。

《人间失格》是太宰治最后一部完结之作，日本“私小说”的金字塔。以告白的形式，挖掘人性深处的懦弱，探讨为人的资格，直指灵魂，令人无法逃避。

《斜阳》写的是日本战后没落贵族的痛苦与救赎，“斜阳族”成为没落之人的代名词，太宰治的纪念馆也被命名为“斜阳馆”。

《如是我闻》是太宰治针对文坛上其他作家对其批判做出的回应，其中既有对当时文坛上一些“老大家”的批判，也有为其自身的辩白，更申明了自己对于写作的看法和姿态，亦可看作太宰治的“独立宣言”，发表时震惊文坛。

《惜别》是太宰治以在仙台医专求学时的鲁迅为原型创作的小说。创作这部作品之前，太宰治亲自前往仙台医专考察，花了很长时间搜集材料，考量小说的架构，用太宰治的话说，他“只想以一种洁净、独立、友善的态度，来正确地描摹那位年轻的周树人先生”；因而，在书中，读者可以看到鲁迅成为鲁迅之前的生活、学习经历及思想变化，书中的周树人，亦因太宰治将自己的情感代入其中，而成为“太宰治式的鲁迅”形象。

本书同时收录《〈惜别〉之意图》《眉山》《雪夜故事》《樱桃》《香鱼千金》等5部中短篇小说。

只读

时间宝贵，我们只读好书。

和风译丛 · 太宰治系列推荐

本书收录了《秋风记》《新树的话语》《花烛》《关于爱与美》《火鸟》等六部当时未曾发表的小说。这部小说集是太宰治与石原美知子结婚后出版的首部作品集，作品集中表现了太宰治对人间至爱至美的渴望，以及对生命的极度热爱。像火鸟涅槃前的深情回眸，是太宰治于绝望深渊之中的奋力一跃。

本书收入《小丑之花》《狂言之神》《虚构之春》三部长篇小说，构成《虚构的彷徨》。并附《晚年》中的三部短篇《回忆》《叶》《玩具》。

《小丑之花》发表于 1935 年 5 月的《日本浪漫派》。翌年，《狂言之神》经佐藤春夫先生的推荐，发表于美术杂志《东阳》的十月号，《虚构之春》经河上彻太郎先生的推荐，发表于《文学界》的七月号。此三篇，依花、神、春的顺序，构成了长篇三部曲《虚构的彷徨》。

只读

时间宝贵，我们只读好书。

和风译丛·太宰治系列推荐

本书创作于第二次世界大战期间。在战争硝烟的笼罩下，作者一家人不得已进入狭小的防空洞中躲避空袭。父亲为了安抚躁动不安的小女儿，将日本传说进行改编并讲给女儿听，于是便有了《御伽草纸》这本传世经典。

“人生总是在上演着这样的故事，这就是所谓的人性悲喜剧。”太宰治根据《去瘤》《浦岛太郎》《舌切雀》等耳熟能详的日本传说故事进行改编，表现出对人性和现实命运的反思，但在风格上却一改往日的沉郁颓废，转为轻松平和，《御伽草纸》是太宰治笔下少有的温情之作。此外，本书中还收录《竹青》与《维庸之妻》。

根据日本现实主义之父井原西鹤的作品改编，同时注入太宰治的人生哲学，这是两位日本文学家的一次跨时空“合作”。太宰治借西鹤之口揭露现实、剖析人性，在战火下仍然笔耕不辍，为的是在乱世中仍然能使文学精神得到传承。

本书作品多描述市民生活中的奇闻异事，从小人物着笔，折射出日本社会的喜怒哀乐，趣味十足而又发人深省。是选择追名逐利还是坚守本心？这是作者留下的问题。至于问题的答案，则需要读者在人生之中探寻。

只读

时间宝贵，我们只读好书。

和风译丛·太宰治系列推荐

津轻是太宰治的故乡，他短暂人生中的前二十年都在这里度过。可以说，是津轻成就了如今的太宰治；而当太宰治重游故园时，他也找回了久违的温暖。本书不仅是一部描写津轻风土人情的优秀作品，而且具有极高的文学价值。阅读此书，或许可以让我们通过太宰治的成长之路，得到前所未有的精神力量。

《春天的盗贼》收录了《春天的盗贼》《俗天使》《新哈姆莱特》《女人的决斗》《女人训诫》等太宰治的小众作品，题材丰富，表现形式多样，每一篇作品都展现出了太宰治出众的洞察力和文学才能，同时也让我们在阅读中窥见太宰治内心的挣扎和对美与善的一丝希望。

只读

时间宝贵，我们只读好书。

和风译丛·太宰治系列推荐

战争时期，太宰治将笔触转向历史传奇，并创造出乱世中的一方净土。本书收录了太宰治为人称颂的翻案杰作《右大臣实朝》《追思善藏》等，是研究太宰治文学风格和艺术水平的重要参考。太宰治用其对情节独特的处理手法，为传统作品注入了新的价值。在明暗意向的交织下，展开了一幅描绘人性的画卷。

不论身处何等黑暗之境，内心深处一定会有不灭的希望，太宰治即是如此。总是给人留下颓废、消极印象的太宰治，心中也有柔软的一面。他在逆境之中寻求生命的意义，并鼓励读者勇敢地追寻梦想，保持善良和美好的人性，满怀信心地迎接每一天。《归去来》中收录太宰治数篇真心之作，是太宰治彼时心境的真实写照，也是他留给后人的宝贵精神财富。

只读

时间宝贵，我们只读好书。

和风译丛 · 太宰治系列推荐

《古典风》收录了太宰治的日常随笔、短篇小说、散记等。题材丰富，形式多样，展现出太宰治在文学领域的多种探索，并在其中融入了太宰治自身对于人生的感悟。这些作品的问世打破了大众对太宰治“忧郁、堕落”的刻板印象，逐渐认识到他作为一个普通人所具有的丰富情感。想要了解真实的太宰治吗？那你一定不能错过这本《古典风》。

“我一定会战胜这个世界的！”这是主人公芹川的宣言，少年总要经历挫折和磨难才能成长，而他们身上最宝贵的便是勇气与希望。芹川的故事正是每一位青少年的真实写照，即使遭遇挫折、经历失意，也不会停下勇往直前的脚步，这才是青春的意义。

《正义与微笑》语言细腻，风格明快，真实地再现了一个正值青春的少年在面临人生选择时的心理变化。一反往日作品的“颓废、压抑”之风，展现出太宰治积极向上的一面。

只读

时间宝贵，我们只读好书。

—和风译丛—

001 太宰治《人间失格》（平装）
002 太宰治《惜别》（平装）
003 织田作之助《夫妇善哉》（平装）
004 宫泽贤治《银河铁道之夜》（平装）
005 坂口安吾《都会中的孤岛》（平装）
006 上村松园《青眉抄》
007 太宰治《关于爱与美》
008 谷崎润一郎《黑白》
009 梶井基次郎《柠檬》
010 幸田露伴《五重塔》
011 宫泽贤治《银河铁道之夜》（精装）
012 太宰治《人间失格》（精装）
013 太宰治《惜别》（精装）
014 芥川龙之介《罗生门》
015 泉镜花《汤岛之恋》
016 夏目漱石《我是猫》
017 樋口一叶《十三夜》
018 尾崎红叶《金色夜叉》
019 坂口安吾《都会中的孤岛》（精装）
020 樋口一叶《青梅竹马》
021 织田作之助《夫妇善哉》（精装）
022 太宰治《虚构的彷徨》
023 太宰治《他非昔日他》
024 小泉八云《怪谈：灵之日本》
025 小泉八云《影》
026 谷崎润一郎《盲目物语》
027 谷崎润一郎《细雪》
028 太宰治《富岳百景》
029 太宰治《东京八景》
030 太宰治《黄金风景》
031 横光利一《春天乘着马车来》
032 谷崎润一郎《少将滋干之母》
033 谷崎润一郎《猫与庄造与两个女人》
034 永井荷风《梅雨前后》
035 樋口一叶《五月雨》
036 永井荷风《地狱之花》

只读

时间宝贵，我们只读好书。

037 永井荷风《晴日木屐》
038 芥川龙之介《英雄之器》
039 谷崎润一郎《秘密》
040 芥川龙之介《素盏鸣尊》
041 式亭三马《浮世澡堂》
042 三岛由纪夫《春雪》
043 三岛由纪夫《天人五衰》
044 三岛由纪夫《潮骚》
045 三岛由纪夫《假面的告白》
046 三岛由纪夫《金阁寺》
047 芥川龙之介《丝女纪事》
048 太宰治《和风绘·女生徒(插图纪念版)》
049 太宰治《和风绘·舌切雀(插图纪念版)》
050 芥川龙之介《和风绘·地狱变(插图纪念版)》
051 小泉八云《和风绘·怪谈(插图纪念版)》
052 吉田兼好《徒然草(中日对照版)》
053 川端康成《雪国》
054 川端康成《伊豆的舞女》
055 川端康成《古都》
056 川端康成《千只鹤》
057 川端康成《花未眠》
058 川端康成《东京人》
059 太宰治《御伽草纸》
060 太宰治《诸国奇闻新解》
061 太宰治《津轻》
062 太宰治《春天的盗贼》
063 太宰治《无人知晓》
064 太宰治《归去来》
065 太宰治《古典风》
066 太宰治《正义与微笑》